A misteriosa carta portuguesa

Alexandre Le Voci Sayad
e José Santos

A misteriosa carta portuguesa

Copyright © 2021 Alexandre Le Voci Sayad
Copyright © 2021 José Santos
Copyright © 2021 Faria e Silva Editora

Editor
Rodrigo de Faria e Silva

Assistente editorial
Paloma Comparato

Consultoria em cultura portuguesa
Alexandre de Sousa, Ló Campomizzi e Joaquim Marreiros

Revisão
Guilherme Salgado Rocha

Projeto gráfico e Diagramação
Estúdio Castellani

Capa
Estúdio Castellani

ISBN 978-65-89573-26-5

Catalogação na publicação
Elaborada por Bibliotecária Janaina Ramos – CRB-8/9166

S274

    Sayad, Alexandre Le Voci

    A misteriosa carta portuguesa / Alexandre Le Voci Sayad, José Santos – São Paulo: Faria e Silva, 2021.

    168 p.; 13,5 × 20,5 cm
    ISBN 978-65-89573-26-5

    1. Literatura juvenil. 2. Romance juvenil. 3. Ficção. 4. Aventura. 5. Descoberta. 6. Viagem. I. Sayad, Alexandre Alexandre Le Voci. II. Santos, José. III. Título.

CDD 028.5

Índice para catálogo sistemático
I. Literatura juvenil

Prefácio

A vida é uma curta viagem entre os encontros que o destino planeia. Há quem acrescente também os desencontros, mas em boa verdade os desencontros são apenas oportunidades para outros e inesperados encontros. Foi assim que encontrei o José Santos, numa tarde fria de janeiro, pertinho da Porta da Vila de Óbidos. A Terra já deu, entretanto, umas quantas voltas ao sol, mas aquele encontro foi para toda a vida. Bastaram uns instantes para semear, em peito fértil, uma amizade tão comprida como o tempo e tão profunda como o Atlântico que nos vai separando.

Eu de cá e ele de lá. Todavia, como o amor não tem tempo, nem distância, vamos amando de igual modo as palavras escritas e faladas, as misteriosas raízes de uma irmandade eterna, a alegria de viver nas margens do mesmo mar. Obrigado, Zé. Por seres meu amigo. Por não desistires de mim. E, claro, pelo honroso convite que você e Alexandre fizeram para escrever estas palavras.

O segundo encontro que aconteceu foi com o Alexandre Le Voci Sayad, o outro autor deste livro. Um encontro através dos textos, em que constatei todo o carinho que ele tem por Portugal e sua gente. Ainda não nos conhecemos pessoalmente, mas esse dia logo chegará. Enquanto isso, é pelas linhas desta novela que a nossa amizade começa.

Caro leitor, cara leitora, a história que dentro em breve os vai transportar entre o Brasil e Portugal está repleta de encontros, nem todos agradáveis, alguns misteriosos, outros perigosos, mas todos empolgantes. Capazes de vos fazer ler todas as páginas de uma só penada. Uma narrativa simples, muito bem-humorada, com um "não sei o quê" de Enid Blyton. A emoção e o suspense vão do princípio ao fim, por entre milhentas peripécias levadas a cabo por gente boa, que faz do medo coragem, capaz de amizades fortes e de combates difíceis. E tudo isto, imaginem, nas pitorescas ruas da cidade costeira de Santos, o encanto de Lisboa, a majestade do Porto ou a indescritível formosura da vila medieval de Óbidos. Para os leitores mais antigos, como eu, será uma viagem ao passado, quando as aventuras cavalheirescas nos preenchiam o espírito. Para os leitores mais jovens, será com toda a certeza uma imensa inspiração para os momentos que o destino vos vai trazer, mais tarde ou mais cedo, apelando aos vossos sentimentos mais nobres, para que nunca desistam dos vossos sonhos, cultivem sempre as vossas amizades e aproveitem todos os encontros para se tornarem... gente boa.

E já agora escrevam cartas. Nunca se sabe aonde nos podem levar!

Alexandre de Sousa
Escritor português residente em Óbidos

Sumário

	Prefácio	5
Capítulo 1	Os reis e rainhas da rua	10
Capítulo 2	No Aquário	16
Capítulo 3	Sobre flores, livros, jornais e peixes	20
Capítulo 4	Santos sem você é como o Aquário sem o leão-marinho	28
Capítulo 5	Agora vai!	35
Capítulo 6	Pequeno-almoço em Óbidos	40
Capítulo 7	Domingo à portuguesa	45
Capítulo 8	Todas as cartas de amor são ridículas	50
Capítulo 9	Sobre a carta e suas consequências	57
Capítulo 10	Lisboa, lá vamos nós	64
Capítulo 11	Nuno Gonçalves, o pintor, Bocage, o poeta, e dom Pedro VIII, o Fujão	71
Capítulo 12	Procurando uma agulha no palheiro	77
Capítulo 13	Pedro olha o Rio Douro	83
Capítulo 14	As detetives vão até o Porto	89
Capítulo 15	Enrascada, encrenca, confusão	94
Capítulo 16	Um plano mirabolante	104
Capítulo 17	Emoção até o último minuto	110
Capítulo 18	A ratoeira	114
Capítulo 19	Nem todo final de livro é feliz…	119
	Glossário do livro *A Misteriosa Carta Portuguesa*	127
	Sobre os autores e a obra	159

A misteriosa carta portuguesa

CAPÍTULO 1

Os reis e rainhas da rua

Pedro estava exausto, as pernas bambeavam, fazendo com que os joelhos tremessem. Suas mãos suavam, a nuca também. Desde que começara a perseguição, essa era a terceira noite em que não dormia. Estava escondido no sótão daquela casa, sem fazer barulho nenhum. O pior era o pó que cobria as caixas e mais caixas, com recordações de outro tempo. As crônicas de uma casa abandonada, que servia de providencial esconderijo. Neste inesperado confinamento o jovem ainda tinha tempo de pensar. "Recordações não podem ser guardadas em caixas". E depois concluía, "No fim a gente guarda é pó". Estar rodeado de pó não é nada bom para um alérgico, que a qualquer momento pode espirrar. E até engolir o espirro faz barulho. Barulho que prometia chacoalhar tudo que estava ao redor e entregar a sua posição ao **gajo** que o caçava. Será que ele já estava dentro da casa?

Ainda bem que ele não tinha medo das baratas, que de vez em quando tentavam subir em sua calça. Dava um piparote e o inseto voava longe. Mas logo vinha outra começar a escalada. Pedro viu que a persistência era a principal característica do inseto. Lembrou-se de uma

---

N.E. O glossário dos termos portugueses e brasileiros – sempre em destaque – segue no final do livro e os verbetes estão separados em ordem alfabética por capítulo.

reportagem que lera há pouco tempo: se o mundo acabasse em uma hecatombe nuclear, elas sobreviveriam. Seu piparote era tão inofensivo quanto uma **biribinha**. Em que enrascada havia se metido – talvez seria mesmo bom se o mundo chegasse ao fim. Não fosse essa misteriosa carta, não fossem essas adolescentes metidas a detetive, sua vida não correria perigo! Nem a delas. Mas a aventura não começa aqui, em noite chuvosa e melancólica na cidade do Porto, norte de Portugal. E sim na ensolarada cidade de Santos, litoral sudeste do Brasil.

* * *

– Canal Dois! Eu disse do-is. O que vem depois do Canal 1. Não, não quero macarrão. É pão, seu Getúlio. **Média**! Quero três médias na casa da Dona Leontina, Canal 2! E não queremos uma porção de arroz. O senhor tem o nosso endereço anotado em algum lugar aí!

Falando alto a ponto de acordar a avó que dormia no quarto ao lado, Rita tentava explicar ao faz-tudo da padaria o endereço. Pensava que para ele fosse uma tarefa complexa, pois tinha alguma dificuldade para escutar. Mas seu Getúlio era um brincalhão. Conseguia fazer Rita de boba, com muita habilidade. E ela sempre caía em seus truques, trocava dois por arroz, média por remédio, suco de laranja por **canja**. Tinha um prazer especial em tirá-la do sério, as brincadeiras já duravam anos.

As cidades não param de crescer. Mas Santos, uma das maiores cidades do Estado de São Paulo, ainda guarda um jeito de lugar menor. Cris, mãe de Rita, acha que a cidade encolheu depois do **auge do café**. Lembra ainda uma pequena cidade, em que os moradores parecem **se** conhecer e se localizar de acordo com o comércio ou os canais que deságuam no mar. Cada canal da cidade é a referência de como vivem os habitantes, hábitos e gostos. Quem vive no Canal 2 sabe os segredos e acompanha os costumes daqueles **quarteirões**.

Em pouco tempo Dona Leontina apareceu na sala, o cabelo branco preso com uma presilha, sempre atenta a tudo ao redor.

— Rita, o seu Getúlio está escutando menos porque está envelhecendo, que é uma coisa mais que natural, mas a cabeça está muito boa, pode ter certeza. Não precisava ter falado tão alto...

— Vó, a última vez que pedi três médias, me apareceu com três pacotes de biscoito e uma cartela de remédio para dor de cabeça. Me chamou de Paula, ao invés de Rita, e demorou uma hora para caminhar duas quadras porque confundiu o canal, foi parar no canal 5! Como gostaria que ele ainda tivesse 58 anos...

— Ritinha, a gente fica velho, mas nem por isso fica louco. Seu Getúlio fez isso de propósito, fica provocando o tempo todo, por causa da sua impaciência quando está ao telefone. Não sabia disso? E por falar em telefone, faça-me o favor de tirar a sua carinha da tela do **celular** e olhar nos meus olhos quando falo com você.

Na primeira olhada, Leontina Albuquerque de Souza parecia uma aristocrata vinda da Península Ibérica, carregada de joias e pretensões. Mas esse escudo logo se desmanchava quando calçava sua **sandália de dedos** e ia caminhar com as oito amigas pela orla. Amigas desde o colégio.

* * *

Rita gosta de pegar pedaço por pedaço do **pão francês**, passar manteiga e mergulhar em uma xícara de café com leite. Depois do banho, o pedaço fica todo mole e tem que voar rápido para a boca ou desmonta no meio do trajeto. Toda manhã ela seguia um roteiro parecido: enquanto devorava o café da manhã, lia trechos de um livro ou notícias no celular. Os livros e revistas tinham marcas de pão molhado e o celular já tinha dado defeito algumas vezes por conta do bombardeio matinal de pão mole. Foi assim que esse sábado começou, dia de rua, de vida, de sal e de sol! Quando acabou o café, beijou a avó, passou a mão no skate e na mochila, e disparou em direção à mãe:

— Começo informando que não vou escovar os dentes de novo. Vou andar no calçadão com o Tico e o Digão, passar no Aquário e volto pro almoço. O Tico pode almoçar aqui hoje?

— Em primeiro lugar largue tudo e escove os dentes já. Em segundo, sim, o Tico pode almoçar aqui, e em terceiro não ande com o skate na rua e preste atenção nos carros, cuidado com a carteira. Você vai de novo ao Aquário? — a mãe logo foi interrompida por uma Rita mais risonha, brincalhona até.

— Espere um pouco que vou anotar, a lista é tão longa que não vou conseguir memorizar tudo...

— Não sei o que faz tanto nesse Aquário. Vai ser bióloga? — disse Cris, misto de curiosidade e irritação.

— Os peixes é que são felizes... só nadam, nadam, nadam, nadam. E não fazem mais nada, devolveu Rita, acompanhada da risadinha que só ela sabia dar.

* * *

Tico era um garoto bonito, alto para a idade, cabelo liso sempre no rosto e boné na cabeça. Sabia usar o charme de andar desleixado para aproximar as meninas. Gostava de conversar, a fala mansa, costumava dar conselhos sobre a vida, como se já fosse bem uma pessoa madura. As amigas valorizavam isso nele. E imaginavam como seria com uns anos a mais, barba no rosto e histórias ainda mais interessantes.

O outro amigo de Rita, Rodrigo, o Digão, tinha até certo orgulho da barriga inchada, e não parecia que ligava para o fato de não ser muito simpático. Era um garoto grandão, afetuoso com os da turma. E que assustava um pouco os desconhecidos com o tamanho e os desenhos tribais no braço, feitos com caneta esferográfica, que imitavam tatuagens. Era louco para ter algumas, como todos os garotos santistas. Pois as que tinha não resistiam a dois banhos. Mas seu pai só daria permissão para tatuagens quando fosse maior de idade e entrasse na faculdade. Pode uma coisa dessas?!

Havia um ritual ao sair de skate pelas ruas e avenidas perto da praia. Era respeitado, sem mesmo perceberem, o rigor das regras. A Rita ia na frente, assobiava com os dois dedos junto à boca ou pedia para os pedestres se desviarem; Tico seguia atrás como um navegador, ditando a velocidade e dando as melhores rotas; e, por fim, vinha o Digão, geralmente reclamando da velocidade, meio atrapalhado, esbarrando nas pessoas que a Rita e o Tico tinham conseguido driblar, com muito esforço. Por incrível que pareça, os três poderiam ficar o dia inteiro andando de skate e conversando – ao mesmo tempo.

– Tô precisando **vazar** daqui, da cidade, Tico – disse Rita depois de assobiar muito alto para um cachorro sair da **ciclofaixa**. Acabou assustando um casal de idosos que estava no lado esquerdo.

— Como assim, Ritinha, pra onde, quando?

— Sei lá, **velho**. Eu amo aqui, mas parece que a cidade tá ficando pequena para mim. Lá em casa é **legal**, mas sinto falta de ter uma experiência em outro lugar, não sei muito bem te dizer...

— Pô, Rita, **manera aí**, tô ficando bem atrás! – gritou Digão, que já estava com a camisa molhada de suor.

Rita parou na **faixa de pedestres**, com um pé pisou atrás no skate, que voou direto para seus braços. O mesmo fez o Tico, quase de maneira ensaiada. Digão bem que tentou, mas o **shape** bateu em seu joelho, e disse um palavrão que não será escrito aqui.

— Cara, meu pai deve ter ido para a Europa. Isso pode explicar o sumiço dele. Você já imaginou aquelas cidades que têm construções de mais de mil anos? Deve ser **da hora**, comentou Rita.

— Sim, eu sei de toda a história do seu pai. Mas, olha, se você gosta de coisa velha e de passar frio, deve ser bom, disse Tico, com uma vozinha irônica.

— Ah, **meu,** aqui em Santos tudo parece acabar na esquina, inclusive o sonho das pessoas.

E fez sinal para o ônibus parar.

— Rita, que coisa mais dramática. Se quer ir mesmo embora, vai pra Austrália surfar. Compra duas passagens e me leva junto, sugeriu o Tico, enquanto passavam pela **catraca**.

O ônibus seguiu pelo asfalto escaldante do dia de verão. Como dizia Dona Leon, se os ovos não estivessem tão caros, daria para fritar um ali na rua. E com gema bem durinha!

CAPÍTULO 2

No Aquário

Os três chegaram rapidamente à Ponta da Praia. Lá estava o Aquário de Santos. De longe era possível avistá-lo, pois a arquitetura o destacava da vizinhança. Ir ao Aquário era uma aventura constante, quase como visitar um templo. Refletiam, se sentiam mais velhos, independentes – parecia que passavam por um "portal do tempo", como brincou Rita certa vez.

Ela sempre gostava de ver os peixes, entre acarás, meros, robalos, os peixes-palhaço entre as anêmonas, chegava a dar até apelido a alguns, como os baiacus. Como inchavam ao sentir perigo, viravam os *gorduchos*.

Era louca pelos pinguins – pareciam os simpáticos garçons dos restaurantes do **calçadão**, onde a mãe e a avó a levavam para almoçar aos domingos. Para Tico, o passeio era maneira prática de ficar mais próximo dela, pois parecia não ligar para os animais. E Digão tinha pouca paciência para permanecer lá dentro e saía antes dos dois amigos.

Esperava do lado de fora, geralmente comendo ou bebendo algo com um canudinho. Rita e Tico eram recebidos com um **arroto retumbante** quando se aproximavam da saída – uma das poucas coisas que fazia Digão gargalhar.

O motivo das idas frequentes ao Aquário também tinha um nome: Maria Clara. A estudante de Biologia conheceu a turma quando atendeu a um grupo da escola, e a amizade com Rita surgiu **de cara**. As duas eram parecidas até fisicamente, o que levava alguns a pensar que eram irmãs.

Cabelos castanhos com franja, Maria Clara era uma versão mais meiga de Rita; usava roupas menos largas que ela e camisetas justinhas, na maioria das vezes. Rita saía sempre de bermuda folgada, camiseta e uma camisa xadrez estrategicamente amarrada na cintura para não chamar a atenção dos meninos mais atirados. Maria Clara tinha diversas afinidades com Rita, e até gostava do Digão e do Tico, mas para ela não passavam de crianças. Rita parecia mais velha do que seus 15 anos mostravam, embora cultivasse uma adorável ingenuidade. Maria Clara gostava de compartilhar as ideias e histórias com a garota. E com tanta simplicidade, que Rita se sentia conversando com alguém da sua idade. Dessa vez, após passarem pela bilheteria e vencerem as catracas, Maria Clara os esperava com o sorriso meigo que derretia o coração de qualquer um.

— Você e Tico não param de falar, amiga! Vi de longe que o **papo** tá bom — disse ela, tentando disfarçar a curiosidade e um pouquinho de ciúme.

— Clarinha, hoje o seu Getúlio me tirou do sério de novo, que facilidade ele tem para me enganar.

— Sempre o seu Getúlio! Você não percebe? Ele finge que não escuta de propósito, só pra brincar com você. Mas fala logo, preciso alimentar os pinguins hoje e receber um pessoal de fora. Acredita que dois biólogos portugueses vêm conhecer o Aquário hoje?

— Portugal, nossa, esse é um país legal! Quem sabe não vou morar lá um dia? Tô cansada daqui, amiga. Morar com minha mãe, minha avó, na mesma rotina de sempre, não quero me tornar uma pessoa que conhece outros lugares apenas por livros ou pela internet.

– Calma, Rita! Você tem só 15 anos. Eu também não conheço muitos países, mas sei que um dia...

– O dia tem que chegar, Clara. Não dá para ficar parada esperando.

– Mas, Rita, com que dinheiro? Você é estudante, e não vai dizer que mora numa cidade ruim. Santos tem uma vida ótima. Viu o mar hoje?

– Sim, amiga. Vi. Queria apenas ver outros mares...

* * *

O rádio de comunicação de Maria Clara começou a tocar; era o sr. Plínio, diretor do Aquário, avisando que os cientistas portugueses já haviam chegado.

Eram especialistas do CIIMAR, de Matosinhos, importante centro de estudos ambientais em Portugal, com muitas pesquisas sobre a vida marinha. António e Júlio já conheciam Maria Clara por e-mail, mas se espantaram ao vê-la pessoalmente:

– Ora, mas trata-se de uma inteligente menina. Pelas trocas de correio, tamanho conhecimento, parecia uma senhora mais experiente.

Maria Clara ficou sem graça, tratou de apresentar logo Rita, na tentativa de **quebrar o gelo**:

– E essa é Rita, uma amiga ainda mais jovem. Sua família é de origem portuguesa.

Os cientistas acenaram com a cabeça, abriram um sorriso. Júlio tirou do bolso um cartão de visitas e entregou para ela.

— Um dia, quem sabe, irás visitar-nos. É um dos **sítios** mais bonitos do norte de Portugal.

Os olhos de Rita brilharam de alegria com a gentileza dos visitantes. Despediu-se e deixou os três entre os tanques. Ao sair para o jardim externo, a tradicional cena já a aguardava. Foi recebida por um estridente arroto. Com uma lata de refrigerante em uma das mãos, o celular na outra e fones nos ouvidos, Digão disse:

— Percebeu como estava agudo? Esse é o meu arroto barítono...

O **papo torto** foi quebrado pelo celular de Rita. Como boa santista, o aparelho tinha o som das ondas do mar. Sua avó avisava que o almoço estaria pronto em 40 minutos.

— Oi, vó. Estou em Matosinhos. Mas não se preocupe, vou pegar o primeiro voo pra casa — e desligou rindo.

Enquanto isto, Tico já havia atravessado a faixa de skate, **voando baixo**. Digão tentava guardar os fones no bolso, mas caiam para fora. Rita deu uma ajudinha, pegou-o em seus braços e disse que queria ir ao seu lado. Um frio repentino subiu pela espinha do garoto, que sorriu meio sem jeito.

Tico esticou o braço, o ônibus para o Canal 2 parou: Rita subiu primeiro:

— A volta eu pago!

CAPÍTULO 3

Sobre flores, livros, jornais e peixes

Além dos olhos de Rita há um mundo a ser descoberto por ela própria; mas para dentro de sua cabeça existe um universo maior ainda.

— Acorda, menina! Quer chegar atrasada de novo?! — disse Dona Leon.

Rita vestiu o uniforme e foi se encontrar com o Tico na porta. Como de costume, Digão só chegaria para a segunda aula.

Tico conseguia **sacar** se Rita estava ou não a fim de papo nas manhãs: se estivesse de mau humor, chegaria com os fones de ouvido a postos e apenas acenaria com as mãos. Nem uma palavra até a porta da escola. Mas se estivesse com o equipamento no bolso, quem deveria preparar os ouvidos era ele. E foi o que aconteceu:

— Minha cabeça não parou. Desde sábado só penso em conhecer outro país. Você viria comigo? A gente pode vender o bolo de **brigadeiro** da minha mãe, arrecadar um dinheiro e viajar nas férias. Vou espalhar cartazes pela escola, vendemos cada pedaço a cinco **reais**. O bolo é uma delícia, e além do mais...

— Poxa, calma! Nem ao menos "bom dia" você me deu — interrompeu Tico.

— Desculpe. Também não é para fazer escândalo.

– Só falou disso o fim de semana inteiro, e parece só ouvir quem concorda com você.

– O que descobri, e gostaria de conversar com meus amigos, você principalmente, é que o lugar em vivemos diz muito sobre o que podemos encarar. A gente só tem 15 anos e nunca viveu nenhuma aventura fora de Santos. Mas não era só Rita que não parava de falar. O portão de entrada da escola era um verdadeiro evento social. Se observada ao longe, como Dona Leontina às vezes o fazia quando estava pela redondeza, a cena lembrava um bando de pessoas que pareciam que não se viam fazia tempo e não paravam de contar umas às outras, com euforia, o que havia acontecido nos último dez anos. Na verdade, haviam se visto no dia anterior.

Rita muitas vezes não terminava de concluir um raciocínio e já emendava outro. Cumprimentava um, acenava para outra, olhava com charme para alguns, fofocava também um pouquinho. Assim era a rotina entre as aulas.

Ao passar pelo corredor, Rita deu um adeusinho para o professor Rogaciano. E continuou caminhando. Ela gosta das suas aulas. Não **mata** nenhuma. Que alegria quando começa a contar histórias. Ele se senta em frente à mesa, olha pra cima, esfrega a beirada de um olho e dispara a falar sobre as coisas do Nordeste.

Ao sair do corredor e descer as escadinhas para o pátio, o Rogaciano voltou à sua cabeça. Foi o dia em que ele falou sobre pão. Pães, roscas e biscoitos. E da saudade de que tinha em comer o **pão Roberto Carlos**. Ele até dava um suspiro ao falar disso. Um pão gostoso, que só é chamado assim em Alagoas. Feito com massa doce e coco salpicado em cima. Pra ficar mais gostoso ainda, só pegando um no balcão de uma padaria em Maceió.

Logo o sinal tocou anunciando o início da aula de Português. Para Rita, um pouco de alegria pela manhã: Marisa era sua professora preferida, e nas aulas podiam ser discutidos assuntos interessantes.

— Vamos trabalhar hoje com a linguagem da reportagem. Quem tiver tablet ou celular pode acessar qualquer jornal e selecionar uma notícia. Quem preferir a "materialidade", trouxe aqui uma pilha de jornais de ontem.

Rita pegou o caderno de cultura do jornal *A Tribuna* e começou a lê-lo. A garota parecia familiarizada com a atividade, como se os anos perto da avó tivessem lhe dado uma intimidade incomum com a escrita no papel.

Começou na seção de livros. Lá estavam algumas resenhas de publicações juvenis e a notícia da inauguração de uma nova **gibiteca,** dentro da Biblioteca Municipal. Quanto tempo fazia desde a sua última visita! Mas nem por isso deixava de ler. Havia a pequena biblioteca da escola, os livros que a Marisa e o Rogaciano emprestavam. E ainda a maravilhosa estante, fechada por vidros, da sua avó.

Enquanto sua cabeça flutuava, os olhos pararam em um anúncio que trazia a foto de um castelo, um céu azul e uma palavra em vermelho: Portugal.

CONCURSO LITERÁRIO
"ESCREVER LEVA VOCÊ BEM LONGE"

Envie uma crônica sobre a cidade para a Associação de Jovens Escritores de Santos. O último dia de outubro é o prazo. Os cinco melhores textos ganharão uma bolsa de intercâmbio para Portugal. Dentre as cinco cidades de norte a sul que receberão os bolsistas vencedores, estão Lisboa e Óbidos, que encantam a todos por sua conexão com a história e a literatura. Mais informações no nosso site.

"Nossa!" – pensou Rita, apenas abrindo os lábios. "Deixa pra lá, na hora do recreio dou uma pesquisada e me informo mais". A cabecinha se aquietou somente com a chamada da professora.

– Rita, qual texto você escolheu? – perguntou Marisa.

– Na verdade eu, eu... – gaguejou, sem graça. Alguns risos dos colegas do lado também não colaboraram.

– Bom, já se passou tempo suficiente para escolher...

Marisa às vezes demonstrava um ar de superioridade.

– É que me perdi. Posso ler um anúncio?

– Não era esse o pedido. Falei notícia. Mas leia. Quem sabe não se encaixa na proposta da aula...?

Rita tomou coragem e leu o anúncio do concurso em voz alta. A maioria da classe **não deu a mínima**. Tico, um tanto **jururu**, balançava a cabeça de um lado para o outro, como se tivesse entendido por que escolhera o anúncio.

– De fato não tem nada a ver com o que eu tinha pedido. Beto, vi que você separou uma notícia sobre o novo calçamento da orla. Leia para nós – pediu a professora.

A menina não ligava mais para nada. A notícia do Beto parecia chatíssima. Quem se importava com as pedras do calçadão? A garota tinha somente uma imagem em mente: Portugal, Portugal, o mais novo motor de curiosidade.

Marisa foi organizar os papéis da mesa, os livros. Como era possível tudo aquilo caber em sua bolsa? Depois foi falar com Rita, sempre a última a sair. A garota imaginou que levaria uma bronca.

– Se quer participar do concurso, não tenha medo. Arrisque-se. Lembre-se que há sempre uma palavra perfeita para aquilo que desejamos expressar. E você escreve bem. Posso revisar o texto...

Ela abriu um sorriso, erguendo apenas o canto de um dos lábios, e piscou o olho direito rapidamente. Como Marisa podia saber que estava interessada no concurso? Deu para ler pensamento agora? Ficou confusa. Já não sabia se estava feliz ou triste, animada ou desencantada. Queria voltar voando para casa.

Cris e Leon mal conseguiram ver Rita entrando no apartamento. Ela disse um "boa tarde" bem alto, um sorriso estampado no rosto. Ficava difícil disfarçar que algo especial tinha acontecido. Bateu a porta, correu para o quarto e se trancou. Abriu o computador e logo foi procurar mais sobre as cinco cidades que receberiam os intercambistas. Porto, Lisboa, Lagos, Braga e Óbidos. Este último nome chamou sua atenção. Uma Óbidos portuguesa? Que curioso, nós temos esta cidade aqui, fica no Norte, no Pará. Sua tia morou lá muito tempo, a tia Carminda. E começou suas buscas pelas cidades, começando por esta cidade desconhecida. Mal iniciou a navegação e ficou animadíssima. Leu que era uma vila medieval do Distrito de Leiria, ficava no oeste do país, perto de Nazaré, onde acontecem aquelas ondas gigantes que fazem a felicidade de qualquer surfista.

Óbidos tinha 12 mil habitantes, se a gente fosse contar em todo o município. Na lindíssima vila, que é o casario dentro das muralhas, vivem cerca de 50 pessoas, só isso. Em 2007, o Castelo de Óbidos foi eleito num concurso nacional como uma das Sete Maravilhas de Portugal. Os eventos obidenses são muitos: Mercado Medieval, Festival do Chocolate, Vila Natal, Semana Santa, Festival de Literatura, Semana Internacional de Piano. Ela logo se imaginou participando de todos eles. Mas antes, precisava ganhar o concurso.

* * *

Com todos à mesa, Cris não demorou a pedir explicações:
— Rita, o que acontece? Veja, antes de reclamar, isso não é uma crítica. Apenas uma pergunta.
— É que, é que, mãe... Eu preciso fazer um texto importante...
— Nunca vi uma redação tão importante que a fizesse chegar em casa da maneira que chegou. Nem olhou pra minha cara! – Cris elevou um pouco o tom.
— Não é uma simples produção de texto, mãe, você não entende.
— Sim, entenderei se puder me explicar.
— É que me disseram que devo sempre tentar – deu uma pista.
— Rita, meu amor. Eu já vivi muito. Se está apaixonada, tem o direito de manter o segredo. Mas se for algo grave, deve nos contar agora, disse firme a avó.
— Antes fosse, vó. Vocês ficariam uns meses sem mim, né? – mudou de assunto.
— Como assim, o papo agora está ficando sério, disse Cris, mais preocupada.
— Calma, mãe! É isso aqui, ó! – Rita jogou o pedaço de jornal amassado na mesa.

Cris logo começou a ler em voz alta as primeiras linhas.

— Pode tirar o cavalinho da chuva! Você só tem 15 anos, falou bem alto.

Rita largou os talheres e saiu correndo para o quarto. Deitou-se, respirou fundo seguidas vezes, tentando relaxar. Acabou cochilando, a cara mergulhada no **travesseiro**, sem ao menos tirar os tênis.

Cerca de uma hora depois começou a abrir os olhos ao som da voz firme da avó:

— Tome um pouco de água, vai se sentir melhor.

— Obrigada, vó.

— Você tem que entender tudo que sua mãe passou; ela morre de medo de ficar longe de você também, e acabar sozinha. Ela tem medo que fuja de casa. Seu pai sumiu de uma hora para outra...

— Pode ir parando aí, vó. Quem falou em fugir? Quero viver uma aventura, li sobre esse concurso, quero tentar...

— Não estou dizendo que vai fugir. Até sua mãe fugiu quando tinha uns 15 anos, mas é que...

— Minha mãe fugiu?

— Sim, se escondeu por dois dias na casa da vizinha, a 50 metros da porta do quarto. Fiquei maluquinha. Você é nova, tem tempo ainda para aproveitar muita coisa.

— Vó, me deixa tentar. Por favor. É tudo pago, não vamos gastar quase nada...

— Vou conversar com sua mãe. Mas acho difícil.

A possibilidade animou tanto a garota que num pulo ela foi da cama para a escrivaninha. E deu um abraço na Dona Leon — maneira delicada de dizer "agora me deixe sozinha". Clicou no programa de edição de texto; as mãos coçavam enquanto pensava sobre o que escrever.

Era grande a lista de coisas legais. Consultou de novo o regulamento.

– Um texto em linguagem coloquial, intimista... – seguiu falando sozinha, em voz baixa.

– Um relato da sua vida em Santos, em volta de tantos descendentes de portugueses.

– Quais os pontos de contato entre os dois países? Era mesmo difícil. Ela precisava pesquisar muito antes de começar a escrever.

Rita não parava de ler. De ver fotos, de fazer anotações. Achou uma rádio portuguesa online, deixou bem baixinho e resolveu pensar nos primeiros lugares que visitaria na **Vila das Rainhas**. Não demorou muito para chegar a mais de 20. Agora seu trabalho era riscar os menos importantes.

Fez listas sobre o que gostava de fazer, das trilhas na mata, das visitas semanais ao Aquário, dos **rolês** de skate, do pouquinho de Portugal guardado em Santos. Em pouco tempo estava orgulhosa do esforço. Afinal, tinha um título: *Sobre flores, livros, jornais e peixes*. Agora faltava o texto, mas isso era apenas um detalhe...

CAPÍTULO 4

Santos sem você é como o Aquário sem o leão-marinho

O avião estava sobre Paris, capital da França, voando incrivelmente baixo. Subitamente fez uma curva para a esquerda, roçou a asa no topo da Torre Eiffel. Lá dentro, ao invés de pânico, deu-se um clima de euforia! Em meio a franceses que gritavam **"Allez, Allez"** e arremessavam suas boinas e bonés para o ar, Rita se animou e jogou para o alto sua touquinha de crochê...

Aos poucos, os gritos foram suavemente se transformando em sons eletrônicos, que pareciam familiares. A imagem se dissolveu num fundo branco e leitoso. Rita se deu conta de que era o despertador do bendito celular, que não parava de apitar. Não fosse ele, ainda estaria vivendo uma experiência estranha, mas gostosa, de sobrevoar a Europa em um sonho.

Eram 11h. Atordoada, leu mais de dez mensagens do aplicativo que pulavam na tela. Ao abrir a de Digão, veio imediatamente um frio na barriga. Ela estava com uma febre leve naquele dia e, por conta disso, a mãe a mantivera longe da escola. Digão dizia: "Você passou em Matemática, Ritinha. Estamos a um passo da eternidade e das férias!". Em seguida, um monte de emoticons amarelos cheios de sorrisos.

Teve tempo apenas de digitar como resposta dez corações pequeninos. Mesmo fraca, pulou da cama, e com um grito agudo de "passei!", jogou o travesseiro para o alto. E começou a correr pelo quarto, quando Dona Leon abriu a porta, fingindo-se mais surpresa do que estava, querendo saber o motivo da **bagunça**.

— Matemática é passado, vó!

— Um passado daqueles que voltam à tona todo começo de ano...

— O próximo passo é o concurso, pelo menos não quero ficar entre as últimas.

Ele já tinha 70 anos, mas insistia que lá na padaria ele é quem fazia as entregas da manhã. E de lambreta! Com uma cesta grande onde era o banco do carona. Era engraçado ver o seu Getúlio com um capacete verde e vermelho, a tinta descascando, a cruzar as ruas e os canais.

Enquanto aguardava, abriu *A Tribuna* e imaginou-se por um momento fazendo o mesmo gesto no dia seguinte, para ler a lista dos vencedores do concurso.

No resto do dia, Rita parecia uma deusa egípcia em seu leito. Dona Leon a mimara com chá e biscoitinhos, levados para o quarto em bandeja improvisada. A garota não saía do telefone, entre mensagens e chamadas para todos os amigos, planejando os **agitos** das férias e contando como **tirara de letra** a terrível prova de Matemática. Um telefonema especial tomou mais tempo do que o normal. Após escutar uns dez minutos do monólogo de Rita, a voz suave e experiente de Maria Clara soou do outro lado da linha:

— Imagina agora se uma coisa muito boa acontece no concurso!

– O melhor que pode acontecer é não estar entre as piores, Clara. É para isso que estou torcendo.

– Só sei de uma coisa: Santos sem você é como o Aquário sem o leão-marinho. Você é a maior estrela da cidade!

– Só você, Clara! Meu avô dizia que a nossa maior estrela era o **Pelé**! – respondeu Rita, com um pouquinho de orgulho pela afirmação da amiga.

– Mas o Pelé era de **Três Corações**! Nasceu em Minas Gerais. Já tinha 15 anos quando chegou aqui.

– Isso é o que você pensa. Um dos seus três corações era santista.

Quando Cris chegou em casa, abraçou a filha com força e carinho. Foi informada por Dona Leon da boa nota em Matemática. Colocou os lábios na testa da filha e ficou feliz ao perceber, com o termômetro invisível que só as mães têm, que estava sem febre.

Naquela noite, a casa inteira foi dormir em paz. Menos Rita. Se a luz do quarto estava apagada, havia outra, acesa na cabeça da mocinha. Ela tinha um pouquinho de esperança no resultado do concurso, e essa ansiedade não a deixava dormir.

Pensava no que escreveu, repassava ponto a ponto as três páginas digitadas em corpo 12. Será que a crônica fugia da proposta? Bem, ela seguiu religiosamente o título. Falou de peixes, dos daqui e dos de lá, do xaréu e da sardinha, da vontade de conhecer o senhor Gomes Sá, inventor do prato de bacalhau que tem seu nome.

Um longo parágrafo foi para as flores, as flores que conhecia, cá da Mata Atlântica, a bromélia, a esponjinha, a quaresmeira, o pepalanto, a casca-de-anta, a cana-do-brejo". Das flores portuguesas não conhecia nenhuma, então teve a ideia de falar da escritora que tinha flor no nome. A professora Marisa tinha mostrado para ela um poema lindo, um dos versos dizia assim: *Bendita seja a Lua, / que inundou / De luz, a Terra, / só para te ver...* A autora se chamava **Florbela Espanca**, e por isso Rita achava que não tinha fugido do assunto. E ainda botado poesia no meio.

A noite corria lenta, ela via as linhas do seu texto projetadas no teto, viravam imagens desfocadas, cores se alternavam nas ondas de um mar agitado. Era legal pensar nas frases que escreveu, estava ficando animada, a sua crônica tinha conteúdo e tinha emoções. Sobre os jornais, montou um parágrafo falando das notícias, da sua atualidade, e do fato de durarem pouco. Sim, a vida de uma notícia dura tão pouco, o tempo de vida de uma **mosquinha da banana**. E usou um ditado popular, que ouviu na escola: *jornal do dia anterior só serve para embrulhar peixe.*

Aproveitou para falar também do papel, da gostosura que é tocar uma folha de papel, sentir seu cheiro. Por mais que lesse no celular, adorava folhear o jornal que chegava toda manhã.

Ela deixou o assunto dos livros para o final, pois ali ficava o ponto mais forte. Achou uma relação de Santos com Portugal que nem todo mundo conhecia, por causa de um amarelado livrinho, que sua avó buscara num cantinho da sua estante. Ele falava de **Bartolomeu de Gusmão**, inventor, cientista, um dos maiores nomes da ciência portuguesa no século XVIII. E daí? Como esse livro podia ajudar na crônica? Muito simples, esse senhor inteligentíssimo, respeitadíssimo, famosíssimo e outros íssimos, tinha nascido justamente em Santos.

Não muito longe da sua casa. Que ajuda providencial da Dona Leon.

Nascido em Santos, assim como ela. Será que em sua infância, há mais de 300 anos, devia fazer as mesmas coisas? Olhar as gaivotas nas praias do **Gonzaga** e do Boqueirão, a chuva caindo na Serra do Mar, e nas noites claras observar a constelação do Cruzeiro do Sul?

E foi pensando em suas invenções, nos milhares e coloridos balões que começaram a ocupar o teto do quarto, adormeceu, fazendo uma viagem. Na cestinha de um balão, cruzava o Atlântico e segurava muitos envelopes de cartas, cheios de selos. O dia nasceu, o cheiro de café invadiu a casa, pouco depois sua avó estava abrindo as cortinas. Ia começar a reclamar da claridade quando viu que a mãe se sentara na beirada da cama, a cara muito murcha, mais murcha do que um pacote de uva-passa.

Cris segurava a página da *Tribuna*, trazendo o resultado do concurso. Rita sentiu que não eram boas notícias. Arrancou o jornal das mãos da mãe e viu o nome dos cinco premiados no projeto ESCREVER LEVA VOCÊ BEM LONGE. Apesar disso, a lista trazia os dez primeiros colocados; o seu nome estava em sexto lugar. Não havia sido classificada por um pouquinho.

Que ideia sem pé nem cabeça, ser acordada com uma má notícia. Rita desabou num choro abafado, abraçada à mãe e à avó. Depois tomou um copo de água e reagiu.

– Vocês duas não vão me dizer que o que vale é competir! Vão me deixar mais triste – a voz sumida.

– Não, filha. Mas lembre-se que é uma vencedora. Está entre os dez mais de um concurso de mais de 500 pessoas. Isso é **demais**! Eles darão livros do quinto ao décimo lugar.

– É bom, mãe. Adoro livros. Mas não para me deixar feliz. Agora que melhorei, vou pegar o uniforme e vou para a escola.

– Anda, esfria a cabeça, nem toca no assunto por lá. Depois a gente conversa mais...

No caminho da escola, estava triste, triste mesmo. Mas nem por isso iria sentir pena de si mesma. Não, preferiu esperar Digão e Tico; saiu antes do horário, fugindo das explicações. Tudo bem, dos 500 ficou em sexto. Mas passaria as férias de verão em Santos pela décima quinta vez.

Mudou de ideia e não foi à aula, ficou **zanzando** no calçadão, vendo água e gente. Fez amizade com quatro turistas de Minas Gerais. Eles eram divertidos; era a primeira vez que tomavam um banho de mar. Foram beber água de coco e teve de escutar a obra completa do **Skank**, nos fones dos novos amigos. O ritmo gostoso da guitarra de Samuel Rosa a deixou levemente animada. No aplicativo, choviam mensagens. Os amigos perguntavam se estava tudo bem. Claro que não.

A manhã passou. Mas a má notícia não. Ia demorar. Ficou muito decepcionada, tinha feito vários planos. Na volta para casa, surgiu uma mensagem no seu celular que a deixou paralisada.

CARA ESCRITORA RITA ALBUQUERQUE: TIVEMOS UMA ALTERAÇÃO NO RESULTADO DO CONCURSO. O ENTÃO QUINTO CLASSIFICADO INFORMOU-NOS QUE ESTÁ MORANDO FORA DE SANTOS E, ASSIM, VIOLOU AS REGRAS. PORTANTO, VOCÊ ACABA DE ASSUMIR O QUINTO LUGAR. DAMOS OS PARABÉNS PELA VITÓRIA E PEDIMOS O FAVOR DE **CONTATAR** COM URGÊNCIA A ORGANIZAÇÃO NESTE NÚMERO...

Rita ignorou o **elevador**, subiu pelas escadas. Assim poderia gritar mais alto e por mais tempo, fazendo os vizinhos abrirem as portas da cozinha para ver o que estava acontecendo... Passava pelos andares e batia com as mãos, com força, nos latões de lixo, causando um barulho que ecoava pela escadaria.

Em seu **andar**, encontrou uma avó dessa vez verdadeiramente pálida e assustada pela proporção do escândalo. A porta aberta aguardava a entrada do furacão juvenil:

– Entrei, vó! Agora é certeza! Entrei! Vou para Portugal!

– Seu pai costumava dizer que você tinha mais sorte que juízo... – disse Dona Leon, num misto de alegria e preocupação.

Ligaram imediatamente para Cris para contar a reviravolta. Ela voltou do cartório mais cedo, e naquele clima de festa ficaram as três discutindo os detalhes da viagem. Se antes mãe e avó não gostavam da ideia, agora estavam convencidas, cúmplices até. Nesses bons momentos havia um costume familiar que as acompanhava: o **brigadeiro de panela** da Dona Leon. E assim foi a tarde delas, os lábios coloridos de marrom ouvindo Rita falar sobre Óbidos, sua escolhida, como se fosse uma moradora local:

– Sabiam que lá acontece o Festival do Chocolate?

CAPÍTULO 5

Agora vai!

A cena no Aeroporto Internacional de São Paulo, Cumbica para os íntimos, lembrava muito a despedida de Dorothy Dale, Homem de Lata, Coração de Leão e Espantalho, no filme *O Mágico de Oz*. Quem se lembra? Apenas um mês se passara desde a vitória no concurso, e lá estavam Digão, Tico e Maria Clara, além de Cris e Dona Leon, amontoados na entrada de acesso aos portões de embarque.

Rostos amassados, olheiras e cabelos bagunçados – tiveram que acordar cedo para **subir a serra**, seguindo para Guarulhos em um **micro-ônibus** que os levou diretamente ao aeroporto. Digão, no fundo um sentimental, já enxugava as primeiras lágrimas no canto do olho. Conforme a partida de Rita se aproximava, o antigo durão ficou cada vez mais **manteiga derretida**, expressão antiga que Dona Leon ressuscitou. Rita beijou e abraçou um a um. Palavras diferentes eram murmuradas em cada ouvido, como um segredo só deles. Quanto mais chegava perto de Cris, mais a garota se emocionava:

– Mãe, confia em mim. Vou me cuidar, não tem por que se preocupar – e a consolava, enquanto apertava forte seu corpo miúdo.

– Ai, filha, me liga todo dia, por favor. Não vai esquecer. E não deixe de obedecer aos adultos.

— Todo dia?! Não exagera, mãe! Como vou ficar um ano lá, tenho de fazer mais de 300 telefonemas pra você? A garota lentamente tomou coragem de sair daquele vale de lágrimas, que logo, logo poderia terminar num tsunami. Passaporte na mão, mochila nas costas e um frio na barriga acompanharam Rita até a catraca que separava os viajantes dos acompanhantes.

Um último adeusinho foi recebido pelos amigos com mistura de gritos e assobios. E a imagem da neta que ficou guardada com Dona Leon era um sorriso largo que ela dera antes de virar-se para frente, apresentar os papéis para a funcionária do aeroporto e atravessar a primeira etapa da sua aventura.

Rita entra no avião junto com a turma do **intercâmbio**. Embora estivesse num ambiente seguro, não desgrudava da bolsa, onde estavam os documentos, informações locais e os eurinhos que a mãe separara.

Tornou a pensar no castelo, viu fotos no celular, castelo visto de cima, de baixo, de lado, castelo vazio, castelo lotado, castelo em dia de chuva, em noite de lua. Daí a pouco estaria percorrendo as muralhas, mesmo se estivesse fazendo um **frio de rachar**.

O tempo entre o resultado do concurso e a viagem foi curto, nem dera para falar direito com os outros quatro bolsistas. Somente ali pôde fazer amizade com os colegas de viagem, colocados juntos, na mesma fileira, a G. A conversa seguiu animada com as gêmeas Ludmila e Luana, que iriam se separar pela primeira vez na vida. Uma seguiria para o Porto. E a outra para Braga, que é pertinho. Para Lagos, no Sul, foi o Robertinho, da Ponta da Praia. E a Binha, lá de São Vicente, a mais antiga cidade brasileira, teve sorte. Iria para Lisboa, morar justamente no bairro de São Vicente. O assunto era tanto que nem perceberam que já era hora da **descolagem**, como a comissária anunciou, em sonoro português lusitano, sobre a decolagem do avião.

Mais tarde, quando o voo estava estabilizado, foi à fileira da frente, onde estavam os bolsistas mais velhos, que iriam para outros países da Europa: Liana tinha 17, ia para a Itália, Coralina para a Escócia e Lucas para a Inglaterra. A Edizinha, que não parava de sorrir e falar, dava detalhes de onde ficaria em Berlim, próxima do bairro de Kreuzberg. Estava adorando, pois sua avó era turca, viera de Ancara. E Berlim é meio turca, contou; são mais de 200 mil imigrantes turcos e descendentes que vivem ali.

Assunto vem, assunto vai, foi então ficar ao lado do Paulo Pena. Pape era um paciente rapaz de 27 anos, que acompanhava o grupo santista. Era ruivo, pele quase transparente. E as orelhas logo ficaram vermelhas de tanto escutar as perguntas e comentários de Rita; seria assim nas 11 horas de voo?

O efeito do fuso horário demora para passar? Eles estarão mesmo me esperando no aeroporto? Será que o frio é mesmo tão **puxado** como disseram no Brasil? A gente vai pegar um carro? Que cantora brasileira faz sucesso por lá? A nossa casa é perto do tal castelo? Será que a escola é muito grande? Jovem lá pode tomar vinho?

A curiosidade não tinha fim: anotava tudo num caderninho azul, até falas das comissárias, que eram diferentes, mesmo em se tratando do português. Para começar, elas se chamavam de **hospedeiras de bordo.** E outras palavrinhas começaram a surgir. Mas nada do outro mundo, pois vinha de uma cidade com grande colônia portuguesa.

Havia comentado com Paulo que falavam "a conversar" ao invés de "conversando". O que é muito bom. Os brasileiros são campeões no uso do gerúndio, e isso é **chato pra burro**. A Marisa reclamava que sua melhor aluna virou uma **gerundista**. E os portugueses eram como a professora, não o usavam muito. Quando Rita exagerava, falando dois verbos seguidos desse jeito, a **profe** já disparava:

– Para! Você está me irritando!

Paulo aproveitou para conversar sobre curiosidades da língua. Sim, lá usam muito o infinitivo: estou a conversar, a trazer, a comer, a ler, a cantar, a aterrar. **Aterrar**? Sim, é quando o avião aterrisa. Daí pulou para outro assunto, dos procedimentos de imigração e alfândega, afinal, entraria em um país diferente. Pediu para ter paciência com as perguntas dos agentes. "Faz parte da profissão duvidarem de tudo". E mais diria, se Rita não tivesse caído no sono.

E viajava num sonho muito colorido, era como um videoclipe, misturando laranjas, caquis, mamões, Camões com tapa-olho e coroa de louros, cavaleiros com lanças, crianças nas janelas de casas de pedra, andorinhas, bandeiras, velhinhas de preto sentadinhas nas cadeiras, barcos, barquinhas, barcaças, caravelas, um mascarado carregando tochas, um carteiro passando de bicicleta, mulheres de véu segurando velas, florestas, pinhais, olivais, olivais, olivais, uma voz invadiu a paisagem tão verde, era a voz grave do comandante Pires. E disse o que todos queriam ouvir.

Já sobrevoavam Olivais, bem próximos ao Aeroporto Internacional Humberto Delgado, em Lisboa. "Por favor, apertem os vossos cintos de segurança e coloquem as cadeiras na posição vertical".

Teve o cuidado de pisar com seu pé direito ao chegar e seguiu com o grupo para pegar as muitas e muitas malas. E depois de ficar um tempão na fila, passaram sem problemas pela imigração.

Quando a porta automática do desembarque se abriu, Rita, que arrastava as malas de rodinhas com muito esforço, simplesmente ficou paralisada. O vento frio de janeiro a fez lembrar que Dona Leon estava certa em insistir nos dois casacos para levar na bagagem de mão. Por que será que ela adivinhava tudo o que iria acontecer?

A luz, as pessoas, a paisagem... Pessoas com cachecóis! Essa luz difusa, uma coisa meio de cinema. Esse cheiro de café. O que estava acontecendo? Enquanto as novidades **Pingue-pongueavam** pelos cantos de sua cabecinha, nem notou que estava ali um pequeno grupo segurando uma cartela com bandeirinhas do Brasil coladas nas beiradas e uma palavra escrita em amarelo-ouro, bem grande: RITA.

CAPÍTULO 6

Pequeno-almoço em Óbidos

Rita sentou-se no banco detrás, com Carolina e Gonçalo. Era uma família pequena e muito animada. Ao volante estava o senhor Felisberto, que seria chamado agora de "pai". A cara era de sério, mas quando abria a boca revelava-se muito simpático, embora econômico nas palavras. No princípio, Rita havia estranhado essa associação; bobagem: com o tempo se acostumaria, pois os intercambistas costumam chamar assim quem os hospeda. Pai, mãe, irmão, irmã.

Ao lado, a cachorrinha Orquídea tentava decifrar os cheiros da viajante com fungadas profundas. Carolina queria muito fazer mil e uma perguntas, mas se continha. Sabia que a menina estava cansada da viagem, e ao mesmo tempo queria ver a paisagem, com certeza muito diferente.

Dona Rosa, a "mãe de intercâmbio", disse para Rita descansar, dormir, se quisesse, pois quando chegassem à Vila, aí sim poderiam conversar à vontade. Rita sentiu-se aliviada. Percebeu que Dona Rosa era atenciosa e carinhosa, e isso ajudou com as saudades da mãe e da avó, que já apertavam o coração.

Os olhos não piscavam mais quando colou o rosto na janela. Parecia uma criança, não perdia nem um detalhe do que acontecia ao redor. O carro seguia sob a luz límpida da manhã. O termômetro no painel marcava 7 graus Celsius. Ela deixou-se levar pelas imagens, num misto de deslumbre e sono. Cochilou. Quando olhou de novo ao redor, viu montes, campos cultivados, **camiões** e **autocarros** na estrada. Os tons do mato, as placas da estrada, a cor do céu, tudo era diferente e instigante para a garota.

Uma placa indicou **Bombarral**. E outra, Cadaval. Cochilou de novo. Sonhou que estava sendo beijada, era um beijo estranho, na bochecha. Uma língua áspera, feita de uma lixa forte, arranhava e babava em seu rosto. Despertou assustada e viu uma cara preta, medonha, olhos esbugalhados e uma imensa língua vermelha. Todos riram, o Gonçalo tinha colocado a cadelinha pug para despertá-la. Afinal, estavam chegando.

Já podia ver, ao longe, do outro lado da estrada, chácaras com casas brancas, jardins, hortas e bichos. Depois da curva, no alto de um monte, viu muralhas. Sim, muralhas e... um castelo. Ela nunca havia visto um de verdade, embora tivesse construído vários, nas areias da Praia do Gonzaga. Avistou uma garota passando de bicicleta com dois amigos, e foi impossível não se lembrar de Tico e Digão. A ponta do seu nariz coçou, e em vez de chorar, espirrou. Dona Rosa imediatamente gritou: **santinho**!

Sem entender direito o que fazer, pois não sabia do que se tratava, ou melhor, quem era esse santinho, Rita caiu na besteira de dizer: "pra vocês também". E todos gargalharam. Santinho ou saúde são as interjeições que uma pessoa educada diz ao ouvir um espirro.

A aventura estava apenas começando. E ela ia acompanhada com precoces saudades da turma santista, um jeito de se defender do desconhecido país que a aguardava. Tinha a certeza de que pela primeira vez não era mais uma criancinha, como imaginava sua mãe. Estava feliz. Felicidade para ela era sentir aquilo tudo. Era viver algo diferente longe de casa!

Os segundos de divagação foram cortados por Carolina; haviam chegado a uma das portas da Vila. Não poderiam entrar com o carro, pois as ruas eram muito estreitas. Seria melhor ir para casa, na Aldeia do Pinhal, e no dia seguinte fariam um passeio pelos arredores.

Rita chegou como qualquer estudante de intercâmbio. Cansada e curiosa. O seu quarto seria dividido com a irmã portuguesa. Nem conseguiu ver nada direito, pois colocou a mochila na cama e já foi tirando o material para o banho. Um banho quente e longo, depois de tantas horas de viagem, era o que mais precisava. Dona Rosa trouxe uma toalha, grossa e perfumada. E foi mostrar como se ligava o aquecedor do banheiro. Enquanto isso, os irmãos ganharam o primeiro presente. Duas camisas 10 do time do Santos. Uma toda branca, e outra com listras verticais alvinegras. Imediatamente vestiram as **camisolas**, que é o nome local para camisas de time e tiraram fotos junto com a nova irmãzinha.

Depois de um banho maravilhoso, Rita foi para a cozinha, pois era esperada para o café da manhã, ou **pequeno-almoço**, como diziam. Mas de "pequeno" não tinha nada. Havia sim um banquete sobre a mesa. Dona Rosa era uma exagerada. E ainda casou com Felisberto, exagerado e meio. Na espaçosa cozinha, Rita ficou com os olhos arregalados quando o seu anfitrião mostrava os pães, queijos e **enchidos**. Dos pães, disse ele, a amostra era pequena, somente o pão de azeite, o alentejano, a bola d'água, a broa e um pão muito especial, o de Mafra, com casquinha fina e miolo bem macio. Ficou encantada com os queijos do país inteiro. Do Azeitão, de Évora, de Nisa, o queijo do Pico e do Rabaçal. E o da Serra da Estrela, feito com leite de ovelha, o mais famoso queijo português.

Num aparador, estavam os doces. **Pastéis de nata**, tigelas com leite-creme e arroz doce. Além de aletrias, marmelada caseira, rabanadas, areias de Cascais, travesseiros de Sintra, marialvas e uns biscoitinhos de canela. E Dona Rosa ainda teve tempo de fazer uma tarte de nozes.

Todos se encantaram com os comentários divertidos que Rita fazia e as associações com as comidas brasileiras. Uma conversa muito gostosa avançou pela manhã. Até surgir um silêncio, aquele famoso silêncio de quem está com a barriga cheia.

Comer mais?! Parece que ia precisar de uns dois dias para ter o apetite de volta. Depois de tanta comida e boa conversa, a própria Dona Rosa levou a menina ao quarto. O cansaço dela era evidente, e agora poderiam deixá-la dormir em tranquilidade, todo o tempo que quisesse. E foi isso o que aconteceu.

Os planos para o domingo eram poucos, pois a família sabia que não precisavam mostrar tudo de uma vez. Gonçalo comentou que até uma poça de água fica interessante quando se está em outro país. Mas Carolina não concordou: se fosse assim, no domingo ela poderia conhecer os insetos do jardim, o muro da casa do vizinho e a sua videira premiada.

— Melhor deixar o castelo e a **praça de Santa Maria** para outro dia, não é, dom Gonçalo?

Rosa já pensava em outra coisa. Iriam a pé, da casa até a Vila, pois era perto. Entrariam pela porta principal. De lá, subiriam a escada da muralha, para ter uma vista panorâmica da região. A partir disso, levariam Rita para onde ela tivesse mais interesse.

E foi o que aconteceu. Rita dormiu até a noite. Acordou de repente e, por segundos, não sabia que cama era aquela. Mas um latido a situou. Aquilo ali era Óbidos! A **vivenda** estava às escuras, todos já tinham ido dormir. Ela seguiu para a cozinha, onde havia na mesa um copo de **sumo** de **alperce** e uma **sandes** embrulhada. Além de um bilhete:

Rita, se quiseres, há sopa no **frigorífico**. *E tudo o que restou do pequeno-almoço. A sandes que está na mesa é de queijo com fiambre e o sumo, de alperce. Boa noite.*

Algumas palavras ela nunca tinha ouvido na vida. Alperce, fiambre. Imaginou que frigorífico fosse a geladeira. Mas não tinha fome, nem quis abri-lo.

De pura gula, mordeu o sanduíche e descobriu que era de queijo e presunto. Já o sabor do suco era familiar, parecia de pêssego, só que mais azedinho. Foi à casa de banho, ah, esse sinônimo de banheiro ela já sabia, **escovou os dentes** e foi dormir novamente, para o domingo chegar mais depressa.

CAPÍTULO 7

Domingo à portuguesa

A família ainda dormia quando a garota já estava circulando pela casa ao lado da saltitante cadelinha. Mesmo com o sono interrompido durante a noite por causa do fuso horário, aproveitou para fazer um lanchinho matinal. Carolina foi acordada pelos barulhos da nova mana, e daí a pouco já conversavam, muito animadas, na mesa da cozinha. Logo o resto da família despertou e, após um pequeno almoço mais moderado que o de sábado, partiram para um passeio pela Vila.

Todos estavam preparados para sair quando Rita chegou à sala se movimentando com dificuldade. Parecia até uma integrante da expedição do navegador **Amyr Klink**, pronta a desembarcar na Antártica. Eram tantas blusas, uma por cima da outra; e em cima disso tudo ainda havia um pesado capote. Nem conseguia mexer direito os braços, o pescoço, devido aos diversos cachecóis e um gorro largo que ficava caindo nos olhos.

Carolina explicou que não estava nem tão frio assim – eram "apenas" seis graus, e se tudo corresse bem a temperatura chegaria na hora do almoço a maravilhosos nove graus Celsius. Assim, Rita voltou para o quarto e tirou um quilo e meio de roupa... Agora estava preparada para o seu primeiro e glorioso passeio pela Vila de Óbidos, a "Vila das Rainhas".

A luz lá fora era deslumbrante, e rapidamente a **turma** passava bem próxima à Escola Josefa de Óbidos. Ali, na segunda-feira ela teria as primeiras aulas. É mesmo, além de passear e viajar, em um intercâmbio também se estuda! Tudo tão novo, o frescor das descobertas preenchia seus sentidos, o melhor lugar do mundo era ali. E agora. A caminhada continuou. De um lado, um parque, do outro, um aqueduto comprido, que não conseguia parar de olhar. Até tropeçou, só não se **estabacou** no chão graças ao Gonçalo, que segurou seu braço na hora agá.

— Rita, este é o **Aqueduto da Usseira**.

— Que coisa maravilhosa, foi feito pelos romanos?

— Não, este é mais novinho, foi feito por volta de 1570.

— Novinho pra você, brincou ela. O Brasil era um bebê de fraldas nessa época.

Seu Beto disse que os **autocarros parqueados** eram muitos. Precisavam andar mais rápido, senão iriam ficar espremidos nas ruas. Brincou com Rita, disse que ela iria se sentir em São Paulo. Era verdade, avistaram à direita uma profusão de veículos de turismo, de onde saía gente do mundo inteiro. Chineses, japoneses, coreanos, russos, lituanos, argentinos e até brasileiros. Isso quem dizia era seu Beto, doutor no assunto, que reconhecia vários grupos. Ele contou que não era preciso saber falar diversas línguas para distinguir turistas: os jeitos de se comportar em grupo, somados à sonoridade das falas, davam pistas importantes. Mas quando o guia levava preso à mochila um mastro fininho, com a bandeira do país na ponta, aí ficava mais fácil ainda.

Apressaram o passo, chegaram à rua da Porta da Vila. E junto a ela, ouviu explicações de todos os membros da nova família. Falavam ao mesmo tempo, cada um querendo contar mais um pedaço da história; estava ficando tonta: era muita informação de uma vez só! Nos dias de domingo não tinha jeito. A visitação era grande, Óbidos fica muito perto de Lisboa, parada obrigatória aos viajantes que seguem para o norte. Ao atravessar a estreita porta, a família ficou bem espremidinha, tanta gente que era, parecia a saída de um jogo de futebol do Santos na **Vila Belmiro**. Ou do **time** do **Benfica**, no Estádio da Luz, em Lisboa.

Carolina disse que eles iam seguir pela **rua Direita**, e Rita imediatamente foi se colocando à direita. Mas na saída da porta o que se via era uma bifurcação. Curiosamente, à direita estava a rua Josefa de Óbidos. E à esquerda, o Largo do Padrão e a rua Direita. Rita disse: "achava que a rua Direita fosse ali, mas se vocês dizem que ela é à esquerda, será assim".

Gonçalo contou que "rua Direita" significava a rua principal. Nesse caso, a rua principal de Óbidos realmente era um pouquinho à esquerda, a partir do Auditório Municipal Casa da Música.

Não importava mais a direção das ruas. Os olhos de Rita marejaram. O local era uma festa! Várias lojinhas de artesanato, restaurantes, pessoas sorrindo, crianças segurando cachorros. Na porta de uma **tasca,** uma senhora vendia copinhos de chocolate com **ginja**, o licor feito de uma cereja ácida. Mas o pai logo avisou: a ginja levava álcool, seria melhor se bebessem mais tarde um sumo de cerejas...

As meninas entravam e saíam das pequenas lojas, e havia um pouco de tudo: tapetes, azulejos, roupas, peças

A MISTERIOSA CARTA PORTUGUESA

de cerâmica e de madeira, latas de sardinha e de atum, postais, chocolates, joias verdadeiras ou bijuterias, bagatelas e miudezas em geral. Logo, a rua estreita então se abriu, chegaram ao Largo de Santa Maria. Viram uma igreja e as árvores, grandes **plátanos**, todos desfolhados por conta do inverno. Os galhos pareciam garras de algum monstro medieval levantadas a desafiar o céu. Enquanto olhavam a bela Igreja de Santa Maria, as amigas sentiram um cheiro delicioso. Vinha de um lugar cheio de gente, com uma pequena fila à porta. Mesmo assim, quiseram ir conferir a atração – eram moças fazendo pão na hora. Era o espetáculo: massa, farinha, fermento e magia nas mãos.

Aliás, ali não era uma lojinha, mas uma padaria, quer dizer, uma padaria no conceito brasileiro. A família se misturou aos turistas. Ficaram observando a agilidade das moças ao misturar fatias de **chouriço** em meio à branca massa.

Carolina contou que ali fazem a *capinha,* um pão doce, uma receita secreta transmitida de geração em geração daquela família. Mas como estava muito cheio, combinaram que voltariam depois para conhecer as jovens padeiras, que cumprimentaram com simpatia a nova moradora.

Durante o percurso, Rita não escondia a ansiedade em chegar ao castelo. Andaram um pouco mais e logo viram outra igreja, a de Santiago. Mas seu "pai" esclareceu que não era mais uma igreja, mas uma grande livraria, com obras do mundo inteiro. Ao lado havia uma entrada para o Castelo.

Ele tem uma história de muitos séculos, e aos poucos seria contada. Atualmente, é um hotel bem chique, a pousada mais cara de Portugal. Mas os turistas podiam visitar alguns pedaços, e lá foram eles. Passaram um grande tempo olhando pelas **ameias** toda a verde região se estender. Uma longa viagem, no tempo e no espaço, e Rita se deu conta de que estava havia mais de uma hora sem tocar no celular – em Portugal se chamava telemóvel. Na verdade, era um trato feito consigo mesma durante o longo voo de vinda: deixaria os olhos viajarem sozinhos, e não queria fazer essa coisa chata: fotografa, publica nas redes, fotografa, publica, fotografa. Preferia que tudo ficasse na memória. Na sua, e não na memória do aparelhinho. Por ela, passaria meses naquela fortaleza de pedra, conquistada aos **mouros**, mas que já foi dos lusitanos, **romanos**, e outros povos. Todo mundo queria ser dono do castelo.

Carolina continuava sem parar de falar, apontando: "lá está Santo Antão!, lá está o Sobral, Rita, percebes os prédios brancos? Já pertencem a Caldas da Rainha". Ao curtir a vista panorâmica, um mundo novo aos poucos se abria. Ao mesmo tempo que seu largo sorriso.

CAPÍTULO 8

Todas as cartas de amor são ridículas

Tudo que é bom passa rápido. Cris e Dona Leon sempre falavam isso para Rita quando as férias acabavam, mas ela nunca dava bola. Pela primeira vez entendeu o verdadeiro significado do comentário tão antigo. Já havia se passado um mês desde sua chegada – e de tão bom que estava, parecia ser apenas uma semaninha.

Estava no jardim, tomando sol. E aquela bolinha amarela pouco espantava os cinco graus da tarde bonita de fevereiro. A cabeça não parava: quanta coisa tinha acontecido! A nova escola, as novas amizades, o passeio pela Lagoa de Óbidos, a ida à Praça da Fruta em **Caldas da Rainha** – ali comeu as peras mais doces do mundo...

O calor dos encontros, que aconteciam todos os dias, fazia com que não se sentisse apenas uma, mas várias pessoas, emoções misturadas. Imagina só: ter quatro, cinco mulheres morando dentro de si, emoções brincando na roda-gigante.

A escola era muito perto, as meninas tinham que andar apenas três quadras para chegar à "Josefa", como os alunos carinhosamente a chamavam. E rememorou um pouco do que ouviu e leu: Josefa foi artista importantíssima no século XVII. Na verdade, seu pai, Baltazar, era de Óbidos. Morou na Espanha e a **miúda** nasceu lá. Mais tarde, voltaram para cá, e viveram na **Quinta da Capeleira**, que existe até hoje.

Josefa tinha seis anos de idade. Ainda criança, assombrava a todos com seu talento para a pintura. E ainda para a gravura em metal, técnica difícil de dominar. Mas difícil mesmo era ser mulher no meio artístico, há trezentos anos. Josefa se impôs com o seu talento, que a colocou como uma das principais artistas da Península Ibérica. Rita riu para si mesma. Hoje, no exame, poderia mostrar o que aprendera sobre a grande criadora de **naturezas mortas** e obras sacras. E a única pintora profissional de Portugal no século XVII...

Mudar de escola sempre é uma pequena aventura. Mudam-se as salas, mudam-se o pátio e a quadra. Mudam-se os cheiros e os sons. Mas aqueles rostos tão jovens a olhavam com atitude de acolhida, jeito *muito* delicado de deixá-la à vontade.

Era um prédio grande, todo branco, moderno, mais de 450 estudantes. *Muita* gente andando de um lado para o outro, falando disso e daquilo. Carregando livros, pregando cartazes, rindo, cantando, coisas assim. Os esportes e as atividades culturais foram importantes para Rita se integrar rapidamente. Jogava vôlei e futebol todas as semanas. Além disso fazia parte de um concorrido Clube de Leitura. Em pouco tempo, já se adaptara à Josefa. Com sua arquitetura impressionante poderia muito bem figurar na paisagem de **Brasília.**

Estudava na mesma classe de Carolina, e fazia parte de uma turminha animada, com o Nuno, o Matias e a Mafalda. Além da Ana Isabel, que tocava violão e conhecia a **MPB** como ninguém.

Rita e Ana Isabel ficaram muito próximas, desde o início. Falavam sobre tudo, embora a música ocupasse a maior parte das conversas. Por meio de Ana, a míuda santista chegou ao Clube de Leitura. Mas isso é outra história.

A biblioteca da Josefa era um dos lugares preferidos da intercambista. Quantos livros de Portugal e do mundo conheceu por lá! O salão era arejado, paredes coloridas e várias estantes. Não sabia que o país tinha tantos escritores. E escritoras, como **Sophia de Mello Breyner**; leu *A menina do mar* numa só tarde. Descobriu autores importantes como **Manuel António Pina** e **Matilde Rosa Araújo**. Divertiu-se como o El-Rei Tadinho, da **Alice Vieira** – pensou que ela e **Ruth Rocha** deviam ser parentes.

Seu plano agora era fazer uma leitura mais empolgante e mais adulta. Pegou emprestado o **Equador**, do jornalista Miguel Sousa Tavares. Teve alguma dificuldade para entender algumas coisas, mas se encantou com a história de amor e tristeza passada na África, em São Tomé e Príncipe.

Em busca de mais livros, resolveu conhecer a Biblioteca Municipal, que ficava dentro das muralhas, no Largo São João de Deus, mesmo ao lado da Igreja de São Pedro. Carolina dissera que era muito importante ir lá. E era mesmo. Mas ainda não sabia que aquela quarta-feira seria o dia mais importante desde sua chegada a Portugal.

Depois de cruzar a porta, aproveitou a descida à direita e chegou direitinho à biblioteca. Um prédio branco e azul, pintura novinha. O interior todo de madeira compunha um ambiente gostoso de se ficar.

Foi conversar com um senhor, sério, mas jeito amistoso, chamado Raúl. Que fez questão de mostrar tudo, as diversas seções, os livros raros, os periódicos.

Que bom que ficaria em Portugal até dezembro, pensou, pois teria tempo de levar para casa **um monte** deles.

Ela se lembrou de Santos, da professora Marisa, e de uma aula sobre Fernando Pessoa, de que havia gostado muito. Achou que ele era mais um personagem do que uma pessoa real, pois o seu jeito de escrever era a coisa mais original que havia ouvido contar.

Raúl mostrou em que estante estavam seus livros. E ela ficou perdida por lá, vendo capas, folheando, observando com atenção as muitas fotos preto e branco.

Percebendo seu interesse, o bibliotecário chegou e comentou baixinho em seu ouvido: apesar de ter escrito diversos e vários livros, por ironia do destino, quiseram os deuses que Fernando Pessoa publicasse apenas um único, em vida: *Mensagem.*

Havia editado vários poemas e textos em revistas. Mas livro, livro mesmo, com capa, lombada e um monte de folhas para a gente poder cheirar e sonhar, Fernando só fez esse.

Curiosamente, como Rita, o poeta participou de um concurso literário, promovido pelo governo de Portugal. Mas tirou o segundo lugar! Imagine! Quem será que ganhou o primeiro? Ninguém mais sabe, seu nome foi apagado pela poeira do tempo e da falta de talento. Quem ficou foi Fernando Pessoa, o grande autor português do século XX.

Ela achou a história interessantíssima! Raúl era muito culto, já quebrara o gelo entre eles e continuaram a conversar. Baixinho. Afinal, estavam onde estavam.

Aprendera que além de escrever com a assinatura de Fernando Pessoa, ele não era um só. Vozes distintas saíam daquela cabecinha. Havia "criado" outros escritores, com nome, biografia e estilo literário bem diferentes entre si. "Um Pessoa com várias pessoas dentro", disse ela. Um deles se chamava Álvaro de Campos. Em sua biografia "inventada", dizia ter nascido em Portugal, em 1890. Foi engenheiro mecânico, depois engenheiro naval. Estudou na Escócia e viajou pelo Oriente de navio. Trabalhou em Londres. E voltou para Lisboa com mais de 35 anos. Ali escreveu poemas muito famosos, como **Ode Triunfal** e **Tabacaria**. Em uma antologia de 1966, a menina descobriu o poema *Tabacaria* e ficou mesmo impressionada. Era bem grande, por isso sentiu-se desafiada. E o leu até o fim. Sabe aquela sensação de levar uma bolada na cabeça, chutada com força pelo **Cristiano**? Pois foi assim que ela ficou. Levantou-se, saiu para a sacada e ficou pensando naquilo tudo, sentindo o vento ainda frio brincar com seus cabelos.

Voltou ao livro. Estava magnetizada pelo jeito tão diferente e tão forte da sua escrita. Depois de algumas páginas, encontrou o comentado poema sobre as cartas de amor. Escrito pelo tal Álvaro, trazia um verso polêmico. Dizia que todas as cartas de amor eram ridículas. O sangue da miúda ferveu. Ridículas?! Como assim?!

E resolveu ler de novo para tentar entender o curioso jogo de significados. No começo não havia argumentos para rebater o senhor Campos, que devia tê-lo feito em um momento de muito mau humor. Afinal, porque implicar com as cartas de amor? Mas ele implicava mesmo? Começou a não ter mais certeza, porque mais adiante dizia que as pessoas que não escrevem cartas de amor é que são ridículas. Afirmou que as palavras é que são ridículas, por tentarem expressar aquilo tudo.

Ou não era nada disso?! Resolveu ler pela terceira vez:

Todas as cartas de amor são

Todas as cartas de amor são
Ridículas.
Não seriam cartas de amor se não fossem
Ridículas.

Também escrevi em meu tempo cartas de amor,
Como as outras,
Ridículas.

As cartas de amor, se há amor,
Têm de ser
Ridículas.

Mas, afinal,
Só as criaturas que nunca escreveram
Cartas de amor
É que são
Ridículas.

Quem me dera no tempo em que escrevia
Sem dar por isso
Cartas de amor
Ridículas.

A verdade é que hoje
As minhas memórias
Dessas cartas de amor
É que são
Ridículas.

(Todas as palavras esdrúxulas,
Como os sentimentos esdrúxulos,
São naturalmente
Ridículas.)

ÁLVARO DE CAMPOS

Ficava cada vez mais encantada com o jeito do autor-personagem Álvaro levar o leitor de um lado para o outro até deixá-los com a cabeça girando, completamente confusos.

Para lá da página 50, percebeu o que parecia ser uma folha solta. Quando prestou mais atenção, encontrou algo entre as páginas. Havia um pequeno envelope. Era uma carta aparentemente antiga, leve, até selada. Mas sem o carimbo do correio.

Uma caligrafia bonita, em azul, bordou o nome do destinatário, um tal de Pedro. Ela virou o envelope de lado para ver se havia o nome do remetente. Sim! Madalena, ou melhor, Madalena Martins. Moradora na Travessa do Jogo da Bola, número 4, Óbidos, Leiria, Portugal.

O esquisito é que a carta estava fechada, colada, imaculada. Esperando a hora de ser deixada no correio. Uma carta intacta, esquecida dentro do livro por um motivo que ela não fazia ideia. Seria uma carta de amor? Daquelas ridículas?

CAPÍTULO 9

Sobre a carta e suas consequências

Guardar segredos nunca tinha sido o forte de Rita. Sempre contava tudo para Maria Clara, mesmo os pequenos **lances**, e a amiga, muito leal, sabia escondê-los muito bem no fundo da alma. Mas descobrir segredos, aí sim, com Tico e Digão, três mentes de detetives aplicadas ao mundo do skate, sabiam de tudo e de todos. Que saudade... Os tempos de Santos pareciam cada vez mais outra vida... Durante esta lembrança, chegou uma mensagem maravilhosa. Eram os amigos, que estavam juntos no Aquário. Maria Clara vibrava com a chegada de novíssimos acarás-bandeiras em um dos tanques. Esses peixes achatados, que se parecem com pratos, tinham sumido de lá por conta de uma doença contagiosa que os enchia de bolinhas brancas e os fazia definhar aos poucos. Rita gostava de provocar, dizendo que eles eram "chatos". E a amiga sempre a corrigia. Chatos, não. Achatados.

Na foto, estava com Digão e Tico, que tinham passado por lá para conhecer os novos moradores. Uma pontinha de ciúme acendeu na cabeça de Rita. Afinal, os dois amigos sempre estavam do lado dela, diziam que também achavam os acarás "chatos pra burro", com "caras de frigideira", e coisas assim.

Momentos depois, a carta voltou a martelar sua cabecinha. "**Que engraçado**! Uma carta não enviada... De uma mulher para um homem. De alguém que sofre para alguém que não dá mínima? Cartas de amor são sempre ridículas? Quais segredos os dois guardam?" Pensava rapidamente e com tanta intensidade que parecia ser possível escutar o barulho das engrenagens da sua **cachola**, girando sem parar.

Uma coisa era **fato**: como não havia Tico, Digão ou Maria Clara em Portugal, sua amiga e confidente mais próxima seria mesmo a Carolina. Ela precisava saber disso imediatamente.

Naquele momento, não podia ligar, pois a biblioteca é lugar de silêncio. Resolveu sair e levar a antologia por empréstimo. Raúl ficou feliz quando percebeu que se interessou pelo Pessoa. Rita tirou a carta e a guardou no bolso grande da camisa, prometendo a si mesma devolvê-la à biblioteca ou, quem sabe, ao destinatário.

Sua intuição não parava de avisá-la: "aí tem coisa, aí tem coisa!"

No Hemisfério Norte, em fevereiro escurece cedo e a temperatura cai bastante. Rita resolveu ir diretamente para casa. Saiu da biblioteca, subiu até a Rua Direita empurrando a bicicleta. Dali foi pedalando, passou pela **Porta da Vila** e era apenas um pulinho para estar no Pinhal.

Mais tarde, com Carolina, examinavam o misterioso envelope, como duas especialistas nas artes da investigação...

Ele já havia sido branco. Agora, levemente amarelado, com um selo azul. Carolina avaliou que devia ter sido selada há uns três anos. Ela deduziu isso ao ver os dois selos comemorativos, sem carimbo, no canto direito do envelope.

Estavam no limite da curiosidade a fim de saber quem eram Madalena, a remetente, e o tal de Pedro, a quem a carta havia sido destinada. Rita foi buscar uma tesoura. Carolina a segurou pelo ombro antes de sair da cadeira. "Há uma maneira melhor, inventada pelos nossos avós", disse, com ares de sabedoria.

A carta estava fechada com uma cola vegetal, agora bem seca. Se amolecessem a cola, poderiam abrir o envelope sem rasgá-lo. Carolina, com a perícia das antigas detetives, foi à cozinha e colocou a chaleira com água no fogão. Quando começou a soltar vapor, as duas aproximaram o envelope. Deu certo! Minutos depois conseguiam tirar duas pequenas páginas em papel fino, pautado, e se enveredaram pela caligrafia de Madalena...

Pelo que entenderam, Madalena e Pedro eram namorados. Um namoro de dois anos interrompido pelo sumiço dele, sumiço mesmo, de não deixar pista. Em um trecho, Madalena relembra com carinho certa Semana Santa, quando se conheceram na Praça de Santa Maria. Mas é o único pedaço leve da carta; o resto era um vale de lágrimas.

Pois Pedro sumira, da noite para o dia, e ela reclamava bastante disso. Pelo tom e peso das palavras, parecia nem saber mais nada sobre ele. Ainda estaria vivo? Onde? Numa prisão, num hospital?

As amigas imaginaram que Madalena deveria ter tentado, antes das cartas, formas mais rápidas de se comunicar. Telefonemas, mensagens, e-mails e até o velho e eficiente telegrama. Depois deveria ter se apegado às cartas, como companheiras dos desabafos e das aflições. Rita comentou, com muita segurança: "Ela deveria ter escrito outras, do mesmo jeito, sofrendo, pedindo notícias. Provavelmente cansada de não ter respostas, desanimou, foi se esquecendo de Pedro. Talvez por tudo isto, o envelope se perdeu no livro de capa dura, e seguiu clandestino para a biblioteca, ao invés de chegar à agência dos correios".

Os olhinhos de Carolina brilhavam. Em suas pupilas era possível ver até alguns pontos de interrogação. Mas o que afinal aconteceu com Pedro? Ele reencontrou Madalena? Aconteceu um casamento? Será que tiveram filhos? Onde vivem agora?

Mas a irmã respondeu de um jeito muito **do contra**: e se cada um foi para o seu lado? Um para o norte, outro para o sul? E se nunca mais se encontraram de novo? Rita daria seu skate para saber o que aconteceu. Afinal, nunca se envolvera num mistério como aquele...

As duas resolveram se organizar e fazer uma lista. Foram para a mesa com papel e lápis. E começaram a anotar as pistas que pudessem estar no texto. Releram. **Treleram**. Na verdade, só tinham os endereços. Nada mais. A travessa do Jogo da Bola, número 4, assim estava escrito no verso da carta. Não era longe dali. Decidiram que passariam lá no dia seguinte, depois da escola.

E foi o que aconteceu. No dia seguinte quase não conseguiram se concentrar nas aulas. Os professores e os colegas perceberam que algo incomodava as duas. Não paravam quietas nas cadeiras. Cochichavam. Ana chegou a apostar com o Duarte que se tratava de um namorado. Um novo amor. Mal sabiam que era algo bem mais complicado...

* * *

Quando o sinal soou anunciando o fim das aulas, saíram rapidamente. E desse jeito continuaram caminhando até a rua Direita. Houve uma súbita mudança de velocidade quando Rita percebeu a **pirambeira** que teriam de subir, e isso iria demorar. E na lenta subida sentiu que a busca exigiria esforço.

Chegaram ao Jogo da Bola. Bonita, muros de pedra, árvores, pássaros. Nem pararam para apreciar a espetacular vista de Óbidos que se consegue ver dali. Logo bateram no número 4. Um homem calvo, bigodes brancos, que não escondiam a idade, atendeu a porta. Era o senhor Martins. Foi muito hospitaleiro com a dupla, já que buscavam sua neta Madalena. Ofereceu um chá de tília na **atapetada** sala da casa e disse que ela não estava em casa. Começou a falar, sem pausas, da sua neta querida. Mostrou fotos, contou da infância, de como conseguia andar de **trotineta** pelas ruas de pedra. Na empolgação, esqueceu-se de perguntar o que queriam com Madalena e continuou. Agora trabalhava em Lisboa e lá vivia, no bairro da Madragoa.

Mistérios trazem sempre decepções. Carolina e Rita achavam que a remetente da carta surgiria ali na frente, sorridente, trazendo biscoitinhos e contando tudo o que havia acontecido. Mas somente nas comédias mais **fuleiras** as coisas se resolviam com essa facilidade.

O avô contou em detalhes, entusiasmado e com certo orgulho, que sua ida a Lisboa já fazia sete anos. Madalena estava muito bem no trabalho, e sempre os visitava nas festas e aniversários. Afinal, Lisboa estava a uma hora de viagem, apenas. Pediram o número do seu telemóvel, mas não tiveram sorte. Seu Martins tinha pavor dessas engenhocas e conversava com Madalena apenas quando a neta ia até Óbidos.

Mas isso não foi problema para as duas curiosas. Ao chegar em casa, ficaram **fuxicando** a internet e descobriram várias informações importantes.

Madalena trabalhava no Museu Nacional de Arte Antiga, no Serviço Educativo, aquele que atende aos visitantes e cria vários roteiros criativos para turmas de escolas e universidades. Esse museu ficava no bairro das Janelas Verdes, ao lado do rio Tejo. Carolina fizera uma visita da escola ao Museu no ano anterior, e contou a Rita que lá havia obras de arte importantes, como os seis **Painéis de São Vicente**, com mais de 500 anos de idade.

Ela devia ser uma profissional competente, pois um posto de trabalho ali era disputado, aquele era um dos mais importantes museus do país. Entraram então no **sítio** de internet do Museu e descobriram o número de telefone. Carolina ligou imediatamente, buscando Madalena. Mas ela não estava. Tinha ido a Helsínquia participar de um congresso. Voltaria na segunda-feira. "Helsínquia?", perguntou Rita. E Carolina riu: "Vocês brasileiros escrevem o nome das cidades europeias de um jeito diferente. Chamam Helsínquia de Helsinque, Moscovo de Moscou e Bordéus de Bordeaux. Já aprendi um pouco do vosso vocabulário, Ritinha".

A investigação não cessaria tão cedo. No segundo dia, a dupla já começara a pensar em um plano. Iriam até Lisboa no fim de semana seguinte. Lá, levariam a carta até Madalena. E mais uma lista com 27 perguntas...

Para Rita, se entendeu bem, depois de um namoro de mais de ano ele sumiu e deixou a namorada morta de preocupação. "Esse Pedro era muito egoísta e irresponsável, sem coração e sem alma". Carolina fez coro: "Um **parvo**, um mentiroso, um estúpido, um **aldrabão**".

Rita ria alto e emendou: "Um boboca, um bocó, um pamonha, patureba, xexé, besta quadrada!". Esse tal de Pedro Henrique era aquilo tudo.

As possíveis dores de Madalena ecoavam no coração das duas garotas. Agora tudo parecia ser uma questão de honra. E de amizade. Uma amizade que acontecia somente na imaginação.

CAPÍTULO 10

Lisboa, lá vamos nós

Estava tudo pronto desde o dia anterior. Em apenas duas mochilas bem discretas coube todo o material de "investigação e documentação". Carregadores, baterias, o **portátil,** a lanterna, um canivete suíço. E várias **bugigangas** de escuta e fotografia camufladas, caso precisassem ir mais fundo na história. Em uma semana conseguiram comprar tudo pela internet, sem ninguém querendo saber o porquê de cada objeto.

Seu Beto, que não desconfiava de nada, insistiu em levar as meninas e mais o Gonçalo a Lisboa. O irmão rapidamente se candidatou a passageiro e guia da viagem. Mas elas foram firmes. Iriam de autocarro, e dormiriam na casa da tia Manecas, no bairro da Graça. Afinal, tinham idade para isso.

Que ele ficasse tranquilo. Tudo correria bem e voltariam no domingo à noite, inteirinhas da silva. Pelo menos é o que imaginavam.

Despediram-se de todos. Orquídea ganiu um pouco, mas assim que a dupla virou a curva, estava inteiramente recuperada, perseguindo um pardal.

O ponto de ônibus, ou melhor, a paragem do autocarro, ficava logo abaixo da muralha. Na verdade, eram duas. Os que iam para Lisboa aguardavam de um lado, e do outro os que seguiriam para Caldas da Rainha, Leiria e Coimbra.

Mas no caminho até a paragem as duas tiveram a mesma e perigosa ideia. O autocarro parecia algo muito comum. Por que não tentar uma carona, uma **boleia**? Isso sim era aventura! Desviaram-se, seguiram mais de um quilômetro à frente, para a beira, a **berma** da estrada. Em poucos minutos uma **carrinha** parou, e um senhor de chapéu perguntou para onde queriam boleia. Ao falarem Lisboa, com uma pontinha de preocupação, ele abriu a porta para as duas entrarem.

Cumprimentou-as, disse que precisaria fazer uma parada rápida em Torres Vedras, onde morava, para pegar uns documentos. Não demoraria mais de dez minutos e poderia deixá-las no sítio onde quisessem. "Pode ser na rua das Janelas Verdes?", perguntou Carolina. "Sim, posso levá-las até perto do Museu de Arte Antiga, não é para lá que irão?", respondeu. Os olhos das duas brilharam com a coincidência. Na porta do Museu? Animadas, colocaram o cinto de segurança e a **caminhonete** acelerou. "Chamo-me Seixas", disse.

Enquanto Carolina tentava conversar com o calado Seixas, Rita pegou um livro da bolsa. E voltou para **uma aventura** que acontecia na Serra da Estrela. Frio. Neve. Casas grandes e vazias. Um retrato de mulher na parede, que de sete em sete anos aparecia no escuro casarão. Tão envolvida nas tramas de Teresa e Luísa, nem percebeu que já estavam em Torres Vedras, pequena e graciosa cidade, onde o senhor disse que vivia. Ele passou direto pelo Centro e seguiu a leste. Entrou numa estrada secundária, o que causou estranheza em Carolina; a casa demorava a surgir. Depois de algum tempo, começou a ficar inquieta e um pouco arrependida da ideia arriscada da boleia.

"Senhor Seixas, falta muito?", perguntou. Ele sorriu, não falou nada e manteve a velocidade. Ela teve um calafrio, mas se conteve. "Isso era paranoia. Ele não disse que iria apenas pegar uns documentos em casa? Era apenas isso". Rita também tentou acalmar-se. Daí a pouco já voltariam à autoestrada, enquanto sentia o bate-bate do seu coração.

Seixas finalmente parou, desceu para abrir um portão de ferro e seguiu mais 100 metros, estacionando ao lado de uma grande casa de madeira. Uma residência antiga, sem pintura, com troncos de várias árvores mortas na frente e os canteiros completamente tomados pelas ervas daninhas. Um cão enorme, um rottweiler com coleira de pregos, surgiu e pulou na janela aberta, onde Rita estava apoiada. Ela deu um grito alto, puro susto, e aí o cachorrão não parava mais de **latir**. Seixas chegou, pegou o bicho pela coleira e o afastou.

Com o nervosismo, a boca de Rita estava seca. Era melhor pegar um ar e testar o limite da bondade do **caroneiro.** Perguntou se podiam entrar um pouco. Ele se desculpou pela indelicadeza, deixou as duas sentadas enquanto foi pegar a água.

Ficaram na sala, Seixas foi ao porão. Era uma sala de madeira, retangular, e com um **pé-direito** bem alto. Ali estavam penduradas cabeças empalhadas. Sim, cabeças empalhadas que deixaram Carolina de respiração presa. Uma de búfalo. Outra de leopardo. Os olhos muito negros de um antílope pareciam piscar. Um mal-estar muito grande pairou no ar.

"Seixas matou esses bichos todos?", perguntou Rita baixinho. Uma lebre, inteirinha, parecia olhar e sorrir para ela, empalhada em uma mesa de centro. Carolina andou mais para a esquerda da sala e viu mais cabeças. Uma era de um lince ibérico. Outra, de uma foca-monge. E até a cabecinha branca de uma águia imperial. Aquilo era um horror, eram todas **espécies ameaçadas** de Portugal, e alguém tivera a coragem de dar cabo delas. As duas se abraçaram. Precisavam sair dali agora mesmo, senão poderiam virar troféus de caça de um psicopata simpático, que dizia chamar-se Seixas.

E estiveram a apenas 100 metros da paragem do autocarro, pensou Carolina. Poderiam ter entrado nele, pago os cinco euros da passagem e chegado à Estação do Campo Grande, ao lado do Estádio do Sporting, em completa segurança. Mas a ideia "genial" da boleia tinha levado as duas a uma casa deserta, longe da cidade, com um homem corpulento e misterioso, que devia ter uma coleção de facas, punhais, serras e serrotes no porão. Precisavam fugir dali, se esconder na mata, torcer para ter sinal no telemóvel e chamar a polícia.

Mas, antes, precisavam pegar as mochilas no carro. Que estupidez as deixar lá. Como fazer isso com aquele cão medonho zanzando por ali?!

De repente, o senhor Seixas apareceu na sala, carregando uma grande sacola preta. Parecia ser algo pesado e volumoso. Na maior calma, chamou-as para virem ao carro, pois estavam bem atrasados.

As pernas de Rita ficaram bambas. Fugir ou ficar? Para onde as levaria? Era tarde para escapar, então deram-se as mãos e seguiram o homem até a carrinha vermelha. Ao lado delas, o mala sem alça canino fazia a escolta.

Seguiram para Torres Vedras e logo depois estavam na autoestrada A2, seguindo em direção à margem norte de Lisboa. Carolina quis disfarçar seu medo e tentou conversar com o motorista sobre vários assuntos. E fez uma pergunta para lá de indiscreta. O que é que ele levava na mala?

Ele não se importou com a curiosidade dela. Com a cara mais inocente do mundo, disse que era um colecionador de máquinas portáteis. Muito requisitado, ele as alugava para exposições e outros eventos.

Possuía um carinho especial pelas serras elétricas, tinha nove modelos. Vira as primeiras nos filmes de terror de sua adolescência e tê-las em casa foi um projeto muito bem elaborado de colecionador que ele, **modéstia às favas,** conseguira realizar. São nove serrinhas, três delas compradas num leilão em Los Angeles.

O trio foi usado em vários capítulos de uma série sinistra e famosa. A que estava na carroceria ele levaria para uma exposição de fotos e objetos de filmes de horror, que aconteceria no Bairro Alto. "Gostariam de conhecer o lugar?", perguntou Seixas, quase desinteressado.

Elas se olharam, a coisa estava piorando. Quilômetros à frente, ele parou em um **posto de gasolina** para abastecer. Enquanto cuidava de abrir o tanque para colocar **gasóleo**, as duas saíram pela porta lateral e correram para a **casa de banho** do local. Seixas começou a procurá-las. Deviam ter seguido para dentro do posto, iria até lá chamá-las, estava atrasado! Mas logo estacionou um veículo da polícia ao seu lado para encher o tanque. Não se sabe por que o nosso "colecionador" ficou incomodado com a polícia, mas o fato é que ele entrou no carro e seguiu em frente, deixando as duas caronistas para trás.

Ficaram mais de uma hora dentro da casa de banho, sem saber direito o que fazer. Era grande ali, muito movimento, ninguém notou a presença delas. Não esperavam que essa situação, uma "simples" carona, quase virasse **roteiro** de um **filme B**.

O medo demorava a passar, mas seguiram em frente, saíram do banheiro feminino, seguiram para o salão. Espiaram. De um lado. Do outro. Não viram a sua cara, sinistramente bigoduda, no balcão do bar. Foram até a porta. Nada. A carrinha vermelha de Seixas não estava mais lá.

Por algum motivo ele as abandonara ali. Mas voltaria? Precisavam ir embora o quanto antes, para não chegar a Lisboa à noite.

O tempo passava, nenhuma oportunidade surgia. Até que um autocarro de turismo estacionou no posto, e pelo sotaque dos passageiros Rita percebeu que era uma excursão de brasileiras. Rapidamente foi conversar com um grupo de senhoras, disseram vir de Fátima, e seguiam para a capital, pois voltariam para o Recife no dia seguinte. Quiseram saber se as duas estavam sozinhas, se podiam ajudar em algo.

Ajuda aceita, dez minutos depois estavam num banco bem atrás do ônibus, cantando uma **marchinha** com aquele grupo animado de **pernambucanas**:

Linda pastora, morena
da cor de Madalena

Tu não tens pena de mim
Que vivo tonto com o teu olhar
Linda criança,
tu não me sais da lembrança
Meu coração não se cansa
De sempre, sempre te amar

E no embalo das muitas canções, o tempo voou. Já estavam próximas da Estação do Campo Grande. Depois de muitos beijos e abraços nas novas amigas brasileiras e com promessas de visitá-las no Recife, se despediram. Carolina queria ir diretamente à casa da tia, para se recuperar, mas Rita insistiu que fossem para o museu da Madalena. A viagem mostrara a ela que a carta guardava mais perigos do que podiam imaginar.

CAPÍTULO 11

Nuno Gonçalves, o pintor, Bocage, o poeta, e dom Pedro VIII, o Fujão

Rita e Carolina passaram por emoções tão intensas que até tinham se esquecido da fome. Havia um bom tempo não comiam nada. Àquela hora da tarde, ainda sem almoçar, Rita lembrou à amiga uma frase bem brasileira: "minhas lombrigas já estão batendo palmas". Carolina riu e seguiu para fora da estação. Pararam numa **pastelaria**. Que cheiros bons saíam dali! Lancharam um sanduíche quente de fiambre e queijo, nosso popular misto quente, chamado em todo Portugal de tosta mista. E mais **pastéis de bacalhau**, sumo de laranja e dois pastelinhos de nata para adoçar o paladar.

Era impossível para Rita não lembrar o quanto Digão era apaixonado por **pastéis de feira**, principalmente da barraca do seu Hiroshi. Eram bem diferentes dos de Portugal. No intervalo das aulas, costumavam sair só os dois até a feira, fazendo o skate "voar baixo", para comprar três de queijo; um para ela e dois para o Digão. Comiam na sala de aula, escondidos. E não compartilhavam com os que sempre pediam um pedaço. Já de barriga cheia, Rita sempre se arrependia e ficava com a consciência pesada. Digão soltava a frase costumeira: "pelo menos não vou almoçar". E podia apostar: duas horas depois estava **filando** o almoço da Dona Leon.

Depois de tantos imprevistos para a chegada em Lisboa, agora as amigas podiam discutir com calma quais seriam os próximos passos do plano. Sentadas naquele ambiente gostoso da pastelaria, com as barrigas bem cheias, pegaram um caderno e canetas.

Na mesa rabiscaram o mapa. Iriam de metrô até a Estação do Cais Sodré, bem à beira do **rio Tejo**. Dali pegariam um **eléctrico** até a Estação Alcântara-Mar. Então ficaria fácil. Era só atravessar os trilhos, subir as escadinhas de algumas ruas e chegariam ao Museu.

E assim foi. Quando chegaram ao Museu, o relógio marcava quatro horas e o frio apertava. Apenas um fio de sol vencia as nuvens cinzentas e pintava de amarelo as árvores ao lado do prédio. A procura por Madalena chegaria a um novo estágio. Estavam mais animadas ainda.

Procuraram por ela por todos os pisos. Seria fácil reconhecê-la devido às dezenas de fotos que estavam em seus perfis das redes sociais. Madalena tomando um **gelado**, Madalena segurando um gatinho, Madalena na bicicleta, Madalena na **trotineta**. Era Madalena em Londres, Madalena em Paris, Madalena no Alentejo, Madalena Martins, sim, era essa mesma, não havia como errar.

Demorou um certo tempo para encontrá-la, estava no terceiro piso, com um grupo de universitários, a comentar sobre uma pintura.

Morena, cabelos lisos batendo nos ombros, e grossas sobrancelhas mouras a dar um charme especial ao rosto claro. Sim, era ela mesmo, não havia como errar.

Ela, com muita desenvoltura, explicava em inglês ao grupo sobre os seis Painéis de São Vicente. Rita prestava atenção nas informações, pois seu inglês **dava para o gasto**.

– Uma obra-prima da pintura portuguesa, feita sobre madeira, no distante século XV. O artista Nuno Gonçalves retrata 58 pessoas, entre nobres, clero e gente do povo, como os pescadores. O interessante é saber que os painéis passaram mais de 400 anos ocultos. Bem preservados, no Mosteiro de São Vicente de Fora, aqui em Lisboa. Foram redescobertos em 1880. As figuras encerram um simbolismo grande e diversos artigos e livros foram escritos para interpretar as pinceladas de mestre Nuno... Rita ficou encantada. Ele deve ter ficado anos e mais anos para poder criar tudo aquilo tudo.

Assim que os visitantes foram adiante, foi abordada pelas meninas. Levou um susto por ter sido reconhecida. Carolina disse que era de Óbidos, que conhecia seu avô e precisava de uma ajudinha. Será que não poderiam conversar mais tarde? Ela poderia somente às seis, hora de sua saída. Por que não visitavam o Museu enquanto isso?

"Peçam para ver a obra do holandês Hieronymus Bosch. Vocês ficarão impressionadas..."

Depois de bater o cartão de ponto, Madalena levou as miúdas para uma tasca bem quentinha, ali perto do Chafariz das Janelas Verdes. Foi uma conversa emocionante e longa. Madalena ficou surpresa com a existência da carta. E com as duas adolescentes, tão bonitinhas, tão curiosas com a vida dos outros. Durante o papo, lembrou-se de tudo. Esta era a terceira carta. Ia levá-la à agência dos correios, que ficava ali na Praça Santa Maria. Mas passou antes na biblioteca. Para pedir ao Raúl uma antologia do Fernando Pessoa, que havia reservado. Mas na saída, avistou uma amiga, ficaram a conversar. Enquanto isto, o tempo piorou, ouviu trovões, voltou rápido para casa para evitar a chuva gelada.

Deve ter deixado a carta dentro do livro. E ali ficou esquecida. Na verdade, já começava a desanimar. Quando contou sobre Pedro, seu tom alternava ressentimento e carinho, irritação e saudade. Como um namorado pode simplesmente sumir, sem deixar vestígios? Ela disse que tentara de tudo. Vasculhou as redes sociais. Esperou a resposta das cartas. Chegou a ir à Polícia Judiciária, que investiga o desaparecimento de pessoas, mas depois de dois anos de buscas seguiu a vida adiante.

Madalena olhava fixamente para uma das lâmpadas, como se acompanhasse o voo de improváveis e invisíveis **melgas**. Não fosse um comentário de Carolina, essa contemplação poderia durar horas: "Madalena, você acha que vale a pena encontrar o Pedro Henrique?". "Não, não", disse imediatamente. "Já sofri que chegue com esse assunto. Agora são águas passadas". Rita ficou desanimada, fez um leve **muxoxo**.

Quando foi até a casa de banho, Carolina se perguntava: "e se Pedro ainda gostasse de Madalena?".

Algo dizia que fora forçado a desaparecer. O tempo correu; eram mais de nove horas, precisavam ir para a casa da tia Manecas, que as esperava. Não estava muito longe dali, na Graça. Em uma rua pequena e sossegada, com um nome bem familiar: Josefa de Óbidos.

* * *

No fundo, bem no fundo, Madalena achou que essa aparição da carta e das meninas havia sido um sinal. Para ela, coisas assim não aconteciam ao acaso. E como eram tão graciosas, marcou para o dia seguinte um encontro na Baixa; era seu dia de folga, e poderiam conversar mais.

O táxi levou as duas em segurança das Janelas Verdes ao bairro da Graça. Foram recebidas por Dona Manecas, ainda de avental, com beijos, abraços e a mesa cheia de pães, bolos, geleias e enchidos.

O domingo foi generoso e deixou espaço até para o sol dar uma espreguiçada. A tia teve de sair cedo, pois era cozinheira em um restaurante próximo, *O Ar da Graça*. Não passou muito, foram encontrar Madalena na Estação do Rossio. Rita, agora mais calma, encantou-se com Lisboa. Ruas estreitas, prédios antigos e bem preservados, parques, bondinhos amarelos, o azul profundo do Rio Tejo, que abraçava a cidade. E um sol diferente a dourava, uma luz esplêndida, que fazia a festa dos fotógrafos amadores e profissionais de todo o mundo.

Madalena estava mais relaxada também, parecia que tivera uma boa noite de sono. Passearam e riram pelas ruas da Baixa, o centro comercial da cidade. Ao passarem pelo Café Nicola, ponto turístico que tem mais de trezentos anos, ela se lembrou de uma história engraçada. O personagem principal é o poeta **Bocage**. Rita sabia quem fora Bocage, tanto pelas aulas de Literatura, quanto por ser personagem de todo tipo de **piadas pesadas** que o seu amigo Digão vivia contando. E Madalena retomou: numa noite qualquer do século XVIII, Bocage saiu dali, do Nicola, já tarde. E um policial surgiu na rua, de pistola em punho a fazer perguntas: – Quem és, de onde vens e para onde vais?

Bocage, que era um ótimo improvisador de versos, não se assustou e deu uma resposta que se tornou uma estrofe muito famosa, está citada em livros e revistas:

Eu sou Bocage
Venho do Nicola
Vou p'ro outro mundo
Se disparas a pistola.

As duas riram bastante, tomaram mais uma **bica** e seguiram. Iriam conhecer um ponto famoso de Lisboa, o Café A Brasileira. Lá, Madalena admitiu que pensara muito sobre o dia anterior. A vinda delas não acontecera por acaso. Por isso mudara de ideia! Disse que tinha sido um pouco orgulhosa em não dizer a elas que essa história ainda acelerava seu coração.

Queria sim retomar a busca. E com a ajuda de ambas. Iria a Óbidos em breve visitar a família e poderiam encontrar-se novamente. Enquanto isso, se comunicariam pelo telemóvel e tentariam achar mais pistas sobre o paradeiro desse enigmático personagem, apelidado, desde agora, de **dom Pedro VIII, o Fujão**.

CAPÍTULO 12

Procurando uma agulha no palheiro

Uma agulha num palheiro é, de fato, coisa difícil de ser encontrada. Mas não seria, se a agulha deixasse um rastro de tinta por onde passasse. Em Lisboa, Madalena estava determinada a encontrar alguma pista do paradeiro de Pedro. Foram horas e horas navegando na internet. Depois, pesquisa de campo, de casa em casa, de bar em bar. Tudo em vão. A investigação avançou mesmo foi quando assistiu a um filme na televisão. Era tarde da noite de quinta-feira, e ela gostava de ver filmes antigos para pegar no sono. Foi quando encontrou **Os Homens do Presidente**. No filme, feito em 1976, dois jornalistas norte-americanos perseguem a verdade sobre um escândalo de espionagem, o caso "Watergate", que derrubou do poder o então presidente norte-americano Richard Nixon.

No dia seguinte, ela se lembrava apenas de duas coisas sobre o filme: uma, que Robert Redford era bem bonito quando jovem; outra, da frase "siga sempre o dinheiro" – esse era o lema dos jornalistas para chegarem aos culpados.

Como não tinha pensado nisso antes?!

E foi a primeira coisa que fez pela manhã. Tivera uma **conta-conjunta** com Pedro no **Banco Camilo Pessanha**, o BP. Foi até a agência e tentou rastrear a última movimentação

A MISTERIOSA CARTA PORTUGUESA

de Pedro com o cartão. Poderia ser a marca de tinta que a agulha deixara no palheiro...

Havia algum tempo que Pedro estava sumido, mas por sorte a conta não havia sido cancelada, ainda sobravam alguns poucos eurinhos que a mantinha viva. Isso foi dito pela gerente, que ouviu a triste história, ficou com dó de Madalena e resolveu ajudá-la. Ela havia deixado a conta de lado, esqueceu-se. Mas Pedro não.

A última movimentação de Pedro na conta havia sido no Porto, em uma **caixa electrónica** do BP, agência Pasteleira. Dia tal do tal, meio-dia. Havia mais de um mês. Era um saque baixo, em uma conta que sempre andou magra. Em poucos segundos deduziu duas coisas. Uma, que ele estava vivo. E outra, para ficar pegando restinhos de dinheiro de contas conjuntas, na certa passava por dificuldades. Se Rita estivesse ali, certamente diria algo como "Pedro ficou liso, quebrado, durango, na pindaíba, vendendo o almoço pra comprar a janta".

Pedro está vivo! Essa foi a notícia que Carolina recebeu assim que atendeu ao telefone. E foram gritos agudos de euforia dos dois lados. Orquídea se assustou, rosnou, e Dona Rosa ficou na dúvida se era alegria ou se a filha estava a ter um ataque de nervos.

Porto. Oporto. Portus Cale. Tudo agora apontava para lá. Para a *mui nobre, sempre leal e invicta cidade do Porto*, como dizem os livros e o seu brasão. Uma das mais lindas da Europa. De um jeito ou de outro, seguiriam até lá. Iriam pesquisar tudo sobre o Porto e o Douro, para fazer o plano de viagem.

* * *

Entre tantos planos, a vida em Óbidos seguia com novidades. Rita não parava um minuto. Chegara a época do Festival do Chocolate, tão esperado por ela. E por toda gente. Quando o frio começava a diminuir e anunciar a primavera, o castelo ganhava barraquinhas, bandeiras, tendas, auditórios e até esculturas. Sim, o chocolate ficava moldado em todos os formatos e temas. Ela e Carolina estiveram lá quase todos os dias. Provaram um pouco de todos, do amargo ao com leite. Do tablete ao recheado. Do chocolate quente aos gelados. E, além disso tudo, conversaram com os garotos que **davam o ar da graça** por ali. Duas grandes tendas abrigavam palcos e diversos eventos aconteciam simultaneamente.

Rita foi pedir uma informação e ficou bem irritada. O guia disse que o *showcooking* seria dentro de uma hora. Mas na outra tenda haveria um *pocket show* depois da banda de *indie rock*. Ela ficou enfezada, pois os brasileiros também tinham essa péssima mania. E disse bem alto: "Será que o senhor poderia falar comigo em português?!".

Isso chamou a atenção de Carolina; quis saber como era a invasão inglesa na fala dos brasileiros.

– O inglês veio por Hollywood. No Brasil vemos muitos filmes e compramos vários produtos norte-americanos. Com a internet, isso piorou. É uma língua linda, mas se você deixar...

E lamentou:

– Os brasileiros aceitam usar muitas palavras inglesas, quando a gente tem uma nossa, exatamente para falar daquilo. Algumas foram mesmo incorporadas, como zoom, laser, internet, não tem jeito. Dizem que a língua é viva, né?! Mas outras fazem você rir pra não chorar. Ano passado, a

Marisa, minha professora querida, fez uma aula diferente. Teve até data para acontecer. Cartazes espalhados pela escola, para outras turmas participarem. O título: SERÁ QUE NÃO ESTAMOS NO LIMITE? Foi engraçadíssimo! Até criamos um jogo de tradução, com termos que usam no mundo das grandes empresas. Vamos brincar? Eu digo uma frase, verídica, e você traduz para o português, imediatamente.

– Tentarei. Vamos lá. Estudo inglês desde criança.

– Vou dar um *feedback* pra vocês...

– Darei um *retorno* pra vocês.

– Isso, muito bom. O jogo precisa ter essa rapidez. Faremos uma reunião de *kick-off*.

– Não! Impossível. Eles não falam assim!

– O pior é que falam. Sabe a tradução?

– Claro, faremos uma reunião para dar o *pontapé inicial*.

– Todos prontos para o *meeting* com o cliente?

– Todos prontos para a *reunião* com o cliente?, arriscou Carolina.

– Você está acertando tudo! Vou dificultar. Ficarei aqui até mais tarde, pois o meu *deadline* está curto...

– Facílimo, ficarei aqui até mais tarde, pois o meu prazo está curto. Rita, acho que estás a enganar-me, não é possível que uma pessoa diplomada, nascida em solo brasileiro, fale dessa forma.

– Não viu nada. Agora serão frases, hein? Hoje à tarde vamos *startar* o projeto, mas é importante que o *report* do ano passado seja entregue.

Carolina demorou a responder, porque não parava de rir e falou bem alto: Startar? Startar? Ai, minha santa. E arriscou:

— Acho que é isso, hoje à tarde vamos *iniciar* o projeto, mas é importante que o *relatório* do ano passado seja entregue.

— Perfeito, você já poderá trabalhar em uma grande empresa brasileira, se responder mais esta: o *coffee break* do seminário será ótimo para fazer *networking*. Precisava de outro vestido, mas não tenho *budget*.

— Pois irão contratar-me hoje mesmo: O *intervalo para o café* da tarde será ótimo para fazer *contatos*. Precisava de outro vestido, mas não tenho *dinheiro*.

— Perfeito, perfeito! Mas não vai pra nenhuma multinacional no Brasil. Vai ficar aqui mesmo; temos os assuntos da Madalena para resolver.

* * *

Elas se inscreveram em três oficinas gastronômicas. Em uma delas moldariam o chocolate em diversos formatos. Rita jamais imaginara que era tão complexo trabalhar com isso. Bonito ver os rios de chocolate derretidos, brilhantes e perfumados, que faziam girar rodas com pás e caíam como cascatas nos recipientes. Ela foi habilidosa o suficiente para conquistar um certificado. Imaginem que criou um livro de oito páginas, todas elas com chocolate branco? O mestre era só elogios...

Agora, as duas paixões, literatura e viajar, começavam a abrir espaço para uma terceira: um mistério a ser descoberto. Descobrir mistérios é apaixonante, já diziam os leitores de Agatha Christie. Ou de João Carlos Marinho, o pai da **Turma do Gordo**.

Mas eis que chegou um telefonema pouco animador. Madalena contou que não havia conseguido mais informações. Afinal, por mais boa vontade que tivesse a gerente do banco, havia uma questão de sigilo do cliente, questão ética, inabalável.

Carolina e Rita mais uma vez repassavam as informações. Pedro está ou esteve no Porto há um mês. O saque foi no bairro de Pinheiro Torres, conhecido por ser perigoso. Tráfico de drogas e outros crimes eram comuns. Na pesquisa, descobriram várias menções à "Malta dos Tremoços". A gangue tinha sido manchete dos jornais muitas vezes e agia seguindo as cartilhas mafiosas: extorsão de comerciantes, jogo ilegal e outras **maracutaias**. Entre seus territórios estava esse bairro. Por que Pedro estava ali sacando dinheiro? Estava envolvido com a tal **Malta**? Tinha sido vítima de um golpe? Tantos serás, tantos porquês.

O inverno, que todos acharam ter ido embora, voltou a botar as manguinhas de fora. Rita e Carolina, ainda encapotadas pelo frio, esperavam Madalena na paragem de autocarro com balões de ar e uma caixa de chocolates feita por elas mesmas durante uma das oficinas do Festival. Apareceu sorridente na porta do veículo e logo correu para um abraço nas amigas. Entre abraços, beijos e pulos para afugentar o frio, Madalena murmurou: "Estão prontas a partir para o Porto? Desisti de desistir".

CAPÍTULO 13

Pedro olha o Rio Douro

Uma coisa é aquilo que imaginamos. Outra é a realidade, que muitas vezes bate à porta, sem pedir permissão aos nossos pensamentos. Rita e as amigas tratavam de criar enredos fantasiosos em torno da figura de Pedro, mas nem chegavam perto do que acontecia realmente. A história em que ele se envolvera era complicadíssima. E com detalhes difíceis de se imaginar. Ou de se acreditar. Parecia literatura.

Enquanto isso, a mais de 200 quilômetros dali, Pedro tomava um cafezinho, um **cimbalino**, numa **esplanada**, olhando as águas e um **barco rabelo** com muitos fotógrafos a bordo. Nem poderia passar pela sua cabeça que três miúdas **abelhudas** investigavam seu paradeiro. Estava em um raro momento de paz, à beira do rio, deixando que seus pensamentos seguissem a correnteza do Douro, rumo ao Atlântico.

Há três anos, tivera de abandonar Lisboa, pois se envolvera com uma **galera** perigosa, **barra pesada**, ligada ao jogo de pôquer. E as palavras pôquer e dívidas andam juntas. E foi o que aconteceu. Ele saiu da capital, escoltado por dois soldados da Malta dos Tremoços, em mudança definitiva para o Porto. Ficaria ali até pagar tudo o que devia.

Era uma tarde belíssima, e Pedro pensava na vida, deixando o café esfriar, arrefecer. Voltara a viver em sua cidade. Mas da pior forma possível.

Lembrou-se da mãe, Dona Antónia, que gostava de contar histórias sentada à beira de sua cama, nas longas ausências do pai. Eram histórias tristes, com personagens misteriosos, e nem sempre era bom conhecer o seu final.

A infância e a adolescência de Pedro não traziam boas memórias. O pai, Manuel, era major do exército. Homem enérgico, exigia grande disciplina do filho. E apesar do respeito, o garoto não escondia o alívio quando ele passava extensos períodos em viagem ou no exército.

Adolescente desengonçado, chegou cedo ao metro e oitenta de altura, o rosto cheio de **borbulhas.** Sem muito jeito para fazer amigos, acabava sozinho na escola e em casa. Nunca foi de grandes amigos. Enquanto a garotada jogava futebol, videogame, ou simplesmente conversava, ele mergulhava na Matemática. E como era bom naquilo! Vencia todas as disputas regionais em que os professores o inscreviam. Por duas vezes ficou bem colocado na competição nacional.

Mas não eram apenas dos desafios acadêmicos que Pedro gostava. Qualquer competição, que tivesse a ver com a sobra das mesadas dos amigos, deixava o garoto estimulado. Tudo começou no dominó. Em poucos meses, Pedro era o campeão da classe. O baralho veio logo em seguida. E sempre apostando a dinheiro. Às vezes aparecia com caixas chocolates ou outros mimos em casa, deixando a mãe perplexa porque não havia deixado nenhum euro com o miúdo.

Quando os **videogames** e **"arcades"** apareceram no mercado, a casa de jogos era ponto obrigatório depois da escola. Até Pedro aprender como vencer nos jogos eletrônicos, Dona Antónia viu dois pares de tênis, uma jaqueta e o abajur do quarto desmaterializarem-se. "Rei das Desculpas", sempre enrolava ao máximo aquela senhora de cabelos brancos. Dizia que dava as coisas para ajudar um amigo, alguém que precisava mais do que ele. E assim aparelhos de rádio, bijuterias, **pechisbeques** da mãe, pedaços da baixela de prata ganhavam o caminho das ruas.

Aos doze anos, Pedro sabia que queria aplicar a Matemática nas questões do dia a dia, tal como fazia com o dominó e o baralho. Rabiscava nos sonhos a Engenharia como profissão futura. E isso aconteceu. Usou todo o seu arsenal de artimanhas e conseguiu ser aprovado no curso de Engenharia, só que em Lisboa. Queria deixar sua cidade e sua família para trás.

Com dezoito anos desembarcou na Estação do Oriente. Começaria uma nova vida na capital. Mas não foram apenas cálculos e equações que ele encontraria pela frente. Num botequim, uma tasquinha perto de onde morava, no bairro de Alcântara, formara seu primeiro círculo de amizades. Eram dois rapazes, João e Tó, estudantes da universidade da vida, e já doutores no uso das cartas e dos canivetes.

Enquanto as aulas e provas eram levadas de forma tranquila, as conversas no botequim com os amigos eram constantes, em meio a intermináveis partidas de pôquer. No jogo, descobrira um novo universo. Por onde viajaria por muito tempo, ainda mais quando conheceu a famosa e perigosa sentença: *o pôquer é bom para ti. Ele enriquece a alma, aguça o intelecto, cura o espírito; e quando jogas bem, alimenta a tua carteira.* Na certa, uma frase de efeito criada por um jogador que nunca perdeu. Embora continuasse tímido, um Pedro diferente surgiria. Um ano depois, Dona Antónia faleceu. Repentinamente. Foi um choque. Nem pôde se despedir dela. Quando chegou à cidade, o velório terminava, e o enterro seguiria debaixo de uma chuva fina, entre as lápides do cemitério de Agramonte. Seu pai, com quem não se dava bem fazia tempo, resolveu passar o luto bem longe. Como era um militar reformado, foi viajar para a Austrália, tinha parentes em Adelaide e Camberra. E deixou o rapaz entregue à própria sorte.

João e Tó não eram exatamente os amigos que uma família desejava para o filho. Um café com leite de manhã, uma cerveja à tarde e sabe-se lá o que mais à noite, era difícil saber qual era o ganha-pão dos dois. Aos poucos, de uma rotina universitária, Pedro havia passado para uma vida dentro de bares. E tabernas, tascas e tasquinhas. Ali cursara outra faculdade, ao lado dos amigos, que viraram conselheiros. Para as questões da vida, e para as questões do pôquer também.

Mas as cartas não conseguiam pagar todas as contas. Teve de buscar um trabalho de meio-expediente em uma imobiliária. Ajudava a fazer avaliações de casas e apartamentos. Numa delas, precisaria ir a Óbidos, para fazer uma análise de duas casas que deveriam ser vendidas.

Pedro aproveitou o feriado da Semana Santa para ir até lá, ficaria de quinta a domingo. Juntando a necessidade com o desejo, tanto poderia trabalhar quanto passear pelas ruas antigas e charmosas, ir a bares e cafés, olhar as jovens turistas. Quem sabe, arranjar um namoro...?!

Na tarde de sexta, na Praça de Santa Maria, havia grande agitação em torno da procissão. Todos estavam prontos e o cortejo sairia em breve. Finalmente, seu jeito desengonçado serviu para algo: esbarrou em uma mulher. Perdendo o equilíbrio, ela segurou em seu sobretudo para não cair. Ele a amparou, desculpou-se e ganhou um sorriso. Um luminoso sorriso de uma moça chamada Madalena.

Assim, como em milhares de outras histórias de amor, tudo começa com um esbarrão. E esta colisão teve consequências. Pedro ficou fascinado com os olhos da jovem, as grossas sobrancelhas, os cabelos negros caindo nos ombros. Como ela estava com um casaco vermelho, ficou mais fácil identificá-la na multidão. E começou a segui-la. Estava ainda atordoado com o sorriso que ganhara. Madalena nem precisava ser a maior gênia da humanidade para perceber que aquele **galalau** estava sempre por perto. Ela gostou de imediato do jeito atrapalhado e cordial que Pedro demonstrara ao ajudá-la.

Ao final da procissão, continuava próximo. Como o rapaz nunca criava coragem em começar uma conversa, Madalena chegou pertinho e tomou a iniciativa. E a magia aconteceu. Olhos nos olhos, mãos se esbarrando, aquela conversação terminou apenas quando o dia clareava. Um romance começava... Ficaram juntos até o domingo, quando ele partiu, com promessas de um reencontro em Lisboa. Tinha encontrado um verdadeiro amor? Na volta, não parava de pensar nela.

E no meio disso tudo, João e Tó, em torno da toalha de feltro verde. Havia meses Pedro estava numa maré de azar, perdia muito, criou dívidas. E o tempo de pagá-las cada vez mais perto. Sob essa tensão, Madalena mostrava a ele que a vida podia fazer sentido.

Um chuvisco começou, acordando Pedro, afastando-o desse turbilhão de lembranças. Faz tanto tempo que isto acontecera. E ele jogara tudo fora. Seu namoro, seus estudos e a sua liberdade.

Olhou no relógio do telemóvel, estava na hora de voltar para a casa de apostas, a Tasca dos **Tremoços**. Teria trabalho por toda a noite. Tornara-se um jogador de videopôquer "assalariado". Sua dívida aumentara com os anos e precisava pagá-la, custe o que custasse. E a forma de fazer isso era jogando para a "casa", em seguidas partidas online. Tudo o que ganhava ia para os seus "protetores". Todo o seu esforço resultava em casa, comida e uns trocados, para o jornal ou o café.

Era vigiado o tempo todo por Nuno Peixeiro e Cicatriz. Que eram supervisionados pelo Machadinha, que não queria perder a sua "galinha dos ovos de ouro". Mas como tinha um bom comportamento nestes três anos de cativeiro, eles deixavam que caminhasse pela cidade antes da jornada de trabalho. Afinal, seu passaporte e **cartão do cidadão** estavam guardados em um cofre.

A esperança era continuar ganhando setenta por cento das partidas online. Se mantivesse essa média de vitórias, trabalhando aos domingos, dias santos e feriados, em menos de oito anos teria pagado a sua dívida. E poderia começar uma nova vida, iludia-se.

CAPÍTULO 14

As detetives vão até o Porto

Mesmo tantos meses longe de casa, a vida em Santos não saía da cabeça de Rita. Olhar algumas situações a distância a obrigava a pensar em coisas que jamais passaram por sua cabeça. Às vezes lembrava-se de Digão: como alguém poderia ser tão "grosseiro" e "doce" ao mesmo tempo? Ou positivo e reconciliador, como o Tico? E a recente presença de Madalena, amiga mais velha, que remetia às suas infindáveis conversas com Maria Clara, no Aquário? As saudades apertavam.

Mas nada melhor para sair deste aperto que as aulas de Gastronomia do professor Alpalhão. Eram as mais esperadas na semana. Ele sempre desafiava os estudantes a adivinhar que tipo de alimento era típico de tal região. Rita acertava todos, mesmo sendo brasileira. Isso deixava o resto da galera indignado. Afinal, como a brasileirinha adivinhava questões tão locais? "Não é meu cérebro que trabalha, é meu estômago, ele é muito inteligente", brincava, para tentar quebrar o **climão**.

Nos recreios, ela sempre estava conversando com Ana Isabel. Quase sempre sobre música. Ana contou certa vez que a cantora **Carmem Miranda** não nascera no Brasil, como muitos pensam. Era portuguesa, mas com dez meses, bebê ainda, tinha ido para o Brasil e lá desenvolvera sua carreira musical.

Quis logo saber se a nossa "Pequena Notável" tinha nascido em Óbidos, mas Ana negou. Ela é do norte de Portugal. "Não, nem todas as portuguesas importantes nasceram aqui, ó, Rita".

Rita começou a assoviar a marchinha "Mamãe eu quero", de maneira forte e bem melodiosa. Ana não demorou a pegar o violão, do qual não se desgrudava, e tirava a canção de ouvido. E Carmem, naquele instante, assobiava também.

Depois da escola, cada viela percorrida com a amiga no centro de Óbidos emanava história. Nas conversas, os assuntos eram escudos, lanças, arcos e flechas, armaduras e cavalos. Afinal, era tempo do Mercado Medieval, e a atmosfera da vila remetia às aulas de História. Quem chegasse ao castelo, durante as duas últimas semanas de julho, veria autênticas **justas** medievais travadas entre cavaleiros com elmos e armaduras. As barracas vendiam petiscos da época, quando ainda nem se imaginava o que seriam a batata ou o chocolate. Reis, plebeus e membros do clero andavam a caráter nas ruas; uma alegria – essa sim, bem diferente daquela da Idade Média, pairava no ar. Como estar em um teatro, mas fazendo parte do espetáculo em um palco bastante diferente.

Nesse clima delicioso, Rita e Carolina definiram os detalhes da jornada que marcaria um grande avanço nas "investigações". Voltariam a Lisboa de autocarro, encontrariam Madalena na Estação do Campo Grande. Iriam à Estação do Oriente e pegariam um **comboio** que seguiria diretamente para o Porto.

Dizem que no papel tudo fica mais fácil. O plano acima era bom, mas como convencer a família? Enquanto pensavam, chegou uma mensagem. E a mensagem deixou Rita feliz. Ludmila, a irmã gêmea de Luana, que estava no Porto, mandara sinal de vida. Uma foto, abraçada com um carinha, por sinal bem bonitinho. Ele era intercambista. Viera da Rússia, se chamava Oleg e se defendia bem no português. Quando se conheceram, Oleg começou a fazer perguntas sobre o seu nome. Queria saber quem era o russo da sua família. Dessa conversa mole surgiu um namoro que já durava um mês. Ludi chegou a frequentar a turma de Rita em Santos. Cris costumava dizer que ela era a amiga preferida de Rita... Aos 13 anos, mudou de escola, e a amizade esfriou naturalmente. Mas quando se reencontraram a caminho do intercâmbio era como tivessem se visto fazia uma hora.

A criatividade da dupla era sem fim. Inventaram a seguinte história: para a família de Carolina, e para a de Rita em Santos, a ida ao Porto era uma viagem de estudos, organizada por uma arte-educadora do Museu Nacional de Arte Antiga. Lá conheceriam o patrimônio histórico do Porto. O melhor é que não custaria mais de 200 euros. E em companhia de uma adulta experiente, de confiança.

As garotas se sentiam culpadas em não contar tudo — embora houvesse um pingo de verdade nessa **mentira cabeluda**. Somente um pingo. Mas pelo menos cumpririam parte do programa. Visitar a Sé e as muralhas, atravessar algumas pontes, ir aos jardins do Palácio de Cristal, dar uma passadinha na livraria Lello e ainda visitar o Estádio do Dragão.

A pequena viagem a Lisboa era familiar para Carolina e se tornava cada vez mais comum para Rita.

Lá, Madalena as esperava. E seguiram juntas para a Estação do Oriente. Quando já estavam sentadinhas no comboio, começaram a falar das pistas e da falta de pistas de Pedro. Para passar o tempo, decidiram ler e comentar as notícias de um jornalzinho distribuído entre os passageiros. "Homem que não andava recebe cura mágica pela televisão e vence maratona", leu Carolina, provocando o riso das amigas.

E continuou: "Jovem de Arouca comeu dezoito ovos cozidos de seguida e foi até o galinheiro buscar mais". Mas as notícias que mais ocupavam as colunas do folheto eram policiais. E uma delas chamou a atenção. Era sobre a tal da "Malta dos Tremoços". O assunto não tinha a menor graça, não tinha piada, era um grupo criminoso que amedrontava a população. Eles tinham este nome curioso por usarem sempre boinas e bonés amarelos, da mesma cor das sementes deste popular petisco.

Um dos textos dava destaque a um certo "Machadinha". Esse era **carne de pescoço**, mau elemento de primeira ordem, sem dúvida o homem mais perigoso do **grupelho**.

O **nome de guerra**, a **alcunha**, surgiu porque ele sobrevivera a uma luta com armas brancas. Qualquer um teria morrido, mas ele era **casquinha de ferida** mesmo. Sobreviveu. Aconteceu assim: estava numa luta tremenda, ora apanhava, ora batia, aí seu oponente apelou, pegou no chão justamente uma machadinha e acertou um golpe no **cocuruto** do gajo.

Parecia desenho animado. Mas não era. O vermelho da cena era todo de sangue, a arma ficou presa em sua cabeça, bem do lado direito. A briga acabou ali; seguiu diretamente para o hospital, sem sentidos.

Havia risco de morte, caso retirassem o objeto agarrado ao osso. A equipe médica decidiu retirar o cabo e parte da lâmina, numa cirurgia que durou 12 horas. Usando até uma potente serra elétrica hospitalar, tamanho família. Mas uma parte do metal ficaria ali para sempre. O **facínora** ficou na enfermaria vários dias, algemado à cama. Mas o efeito da machadada o deixou mais agressivo e perigoso, além de ter afetado o seu raciocínio, agora mais rápido e certeiro. Parece impossível que uma coisa assim acontecesse. Mas é a pura verdade. Algumas ligações nervosas foram ativadas por causa do contato com o metal, e o fato é que, com um garfo de sobremesa, abriu as algemas, fugiu usando um avental branco e nunca mais a polícia conseguiu colocar suas mãos nele. Sumiu pelas velhas ruas do Porto.

Ao abrir as janelas do Residencial Jardel, logo ali no bairro da Granja de Baixo, Rita deu de cara com a paisagem da cidade. Respirou fundo. Que coisa mais bonita o casario perto do rio. Iluminado por um resto de sol do verão.

CAPÍTULO 15

Enrascada, encrenca, confusão

As amigas resolveram se arriscar na busca logo no dia seguinte. A única maneira de começar era chegar à agência do banco onde houve o último saque de Pedro. Siga o dinheiro, lembra? Pegaram um táxi e foram à agência do BP, Banco Camilo Pessanha, onde acontecera o último saque. Ficava bem na rua da Pasteleira. Ali estavam dois bairros que não eram seguros para se andar, Pinheiro Torres e Pasteleira. Mais uma vez, Rita se lembrou do pai: "viver é sempre um risco", ele dizia.

O pai de Rita não saía nunca da cabeça da garota. Às vezes como uma figura que gostava de aventuras, como pintava a mãe. Em outras, um atrapalhado que deixou todos na mão, como dizia Dona Leon. Ela gostava de imaginá-lo como alguém generoso; afinal, certa vez tinha doado sua lambreta italiana, que já não saía do mecânico, para o seu Getúlio da padaria poder fazer as entregas mais rapidamente. Que gesto bonito! Os olhos se enchiam de lágrimas; a estratégia para secá-los era pensar nas piadas infames que foi obrigada a ouvir do padeiro nos últimos anos pelo telefone. Isso cortava qualquer clima de emoção. O celular apita e a mensagem que chega é bem divertida.

A Edizinha postara uma foto da Alemanha. Ela estava no Estádio Olímpico, bem no meio da torcida. Vestia a camisa azul e branca do Hertha Berlin. Que saudade do futebol... Rita comentou com carinhas, corações e muitas baleias. Sim, baleias. É claro que Edizinha sabe que a baleia é a mascote do Santos. Isso fez Rita lembrar com saudades de um de seus principais passeios quando criança. Observar o imenso esqueleto de baleia do Museu Marítimo da cidade. Aquilo era sinônimo de alegria, descoberta e diversão...

Rita se esforçou para tirar a cabeça do Brasil e voltar para a trama do outro lado do Atlântico, que clamava por ação. Todas tinham fotos de Pedro nos celulares. E a história já estava bem decorada: procuravam um familiar, um primo, e souberam que ele vivia por ali. Tinha surtos de amnésia, e fazia mais de seis meses que a família não tinha notícias. Você já viu essa pessoa por aqui?

Como se achavam bastante simpáticas, acreditaram que todos seriam atenciosos. Foram à agência do banco, mas para falar com o gerente foi uma longa espera.

— Em Santos, minha mãe chama essa espera de **chá de cadeira**, disse Rita.

— Aqui nós temos o chá de parreira, que só podes beber quando fores maior... Sim, pois o chá da parreira só pode ser o vinho, explicou Madalena.

E o assunto dos chás e dos trocadilhos continuava quando Oscar, o gerente, deu o ar da sua graça. A conversa não foi muito animadora. Realmente havia um saque há mais de um mês atrás, numa de suas caixas electrónicas. Quanto à foto, nunca viu mais gordo o rapaz, disse, e a conversa terminou por aí.

Na rua, paravam as pessoas para mostrar a foto e contar a triste história.

E as respostas, mesmo dadas de um jeito amável, eram sempre negativas. Pararam para comer qualquer coisa e planejar a tarde. O jeito seria dar uma caminhada, mas sem perguntas, para observar as ruas da Pasteleira e, depois, de Pinheiro Torres.

Andar pela vizinhança lembrou Rita de um momento de sua infância lá em Santos. Certa vez, com oito anos, perguntou à avó Leontina se havia uma câmera filmando o que a gente fazia o tempo todo, inclusive quando estávamos sozinhas. A avó riu muito e disse para ela parar de se achar perseguida. Pois as garotas sentiam-se vigiadas o tempo todo. E os olhares não eram simpáticos. Alguns homens não paravam de encará-las. Rita sentiu medo, e pela primeira vez não via a hora de sumir daquele lugar.

Por insistência de Carolina, resolveram voltar para o residencial à pé, já estavam numa rua mais movimentada, viam até polícias de carro a circular. Ao passarem por um quiosque, Madalena parou e as duas seguiram caminhando. Sentiram falta dela uns 50 metros depois. Resolveram voltar e a encontraram com a respiração ofegante, nervosa, olhos arregalados, apertando as mãos sem parar. Disse:

— Eu vi o Pedro passar do outro lado da rua. Tenho certeza que era ele.

"Meu Deus, tem mesmo certeza?", "O que vamos fazer agora?", "Para onde ele foi?" As três garotas falavam juntas e não se entendiam. Resolveram parar em um café. Conseguiram uma mesa com vista para a rua e conversavam de rosto virado para a vitrine, sem se olhar. Carolina tomou a liderança: "Vamos falar com ele sem você, minha amiga, para evitar suspeitas, e descobrir tudo de uma vez por todas". "Como assim, falar com ele, não sei para onde foi agora", interrompeu Madalena. "Ele pode ter ido para qualquer lugar."

Nas conversas com o seu Beto, Rita aprendeu vários ditados portugueses. Alguns eram sobre a sorte. *Que a sorte nasce a cada manhã, mas já está velha ao meio-dia.* Ou, *contra a má sorte coração forte.* E que *a sorte segue a coragem.* Era isso! Era preciso arranjar um pouco de valentia e sair de novo para a rua atrás dele. Carolina e Rita seguiram, com as pernas bambas. Madalena ficou no café, suando frio, preocupada em deixá-las ir sozinhas, mas não teve a coragem de acompanhá-las.

Resolveram andar novamente até o quiosque. Quando estavam próximas, Rita lembrou de outro ditado: *a sorte e o raio não caem no mesmo lugar.* Mas naquele instante caiu um raio em dia claro, ao lado do quiosque. A sorte estava do lado delas. Pois do outro lado, numa das mesas do quiosque, estava Pedro, bem parecido com a fotografia que estava no telemóvel. E bebia uma bica, com cara de poucos amigos.

Carolina, cheia de coragem, cutucou o ombro do rapaz:

— Boa tarde, Pedro Henrique.

Ele levou um susto, mas não deixou a xícara de café cair em seu colo. Colocou-a na mesa e olhou as duas de cima a baixo.

— Quem são vocês?, disse ele, quase gaguejando.

Rita foi rápida e espirituosa:

— Nós somos aquelas que sabem tudo sobre você.

Ele ficou mudo, tentando entender o que acontecia.

— Viemos de longe para falar contigo. E o convidamos para conversar com a gente no café em frente ao

Residencial Jardel. Amanhã, dez da manhã. Procure o endereço na internet.

Pedro continuava em silêncio, nada disso fazia sentido. E antes de dizer qualquer coisa, Rita pegou Carolina pelo braço, atravessaram a rua e deixaram o rapaz com os olhos arregalados.

À noite, no quarto da hospedaria, as amigas riam de alegria e nervosismo. Rita tinha estranhado a própria ousadia. O aperto do momento a fez dizer que sabia de tudo... Mas tudo o quê? Na verdade, ninguém sabia de nada. Nem se Pedro viria no dia seguinte. O rapaz não parecia bem, estava muito magro, sem tomar sol, as roupas esculhambadas, a barba por fazer.

A conversa entre as três não terminava nunca, a ponto de o gerente tocar o interfone do quarto e dizer que alguns hóspedes reclamavam do falatório. Mas elas pareciam não se importar. Comemoravam cada segundo do dia mais longo e emocionante da vida. Mal imaginavam o que ainda viria pela frente.

"Tome cuidado, amiga. Isso tá com **cara de enrascada brava!**", aconselhara Maria Clara, que parecia bem preocupada na tela do celular, depois do minucioso relato noturno de Rita. A conexão do vídeo não estava boa, mas era possível ver que ainda era dia no Brasil, e nem mesmo os visitantes do Aquário – eles passavam ao fundo –, fizeram a amiga de Santos encurtar a chamada.

Enrascada, encrenca, confusão, buraco, cipoada, embrulhada, enredo. Rita tentava quebrar a tensão de Carolina, brincando de fazer listas de sinônimos. Já era dia, daí a pouco sairiam em direção ao café, para falar com Pedro, mas temiam uma reação agressiva.

Antes das dez, já estavam **plantadas** no café, à espera. Mesmo com o pequeno almoço tomado no Jardel, tiveram ainda apetite para pedir uma média e um pingado, segundo o linguajar santista. Passaram as dez, dez e meia, dez e quarenta e cinco. Onze horas da manhã e nada do **carinha** aparecer. Na mesa, empilhados, duas xícaras e dois pratinhos. Rita queria chorar, tinha um nó na garganta, e os olhos de Carolina começaram a ficar pesados demais para permanecer abertos.

Mas um barulho estridente, daqueles que arrepiam até a alma, de cadeira se arrastando no chão, veio acompanhado da voz grave de Pedro:

— Eu sei quem vos mandou. Estou a pagar todas as dívidas. Não estou a perceber por que mandaram duas miúdas com recados. O que é que o Lucas Corvo quer mais?

— Você deve pagar logo!, respondeu Rita. Mas Carolina não se conteve e disparou:

— Pagar sim, o amor que deixou para trás.

Ele se espantou com o comentário.

Amor?! Não havia amor nessa história. Que incompetentes eram as mensageiras do Corvo, pensou.

Madalena não suportou em esperar no quarto. Surgiu na pastelaria. Pedro imediatamente a reconheceu. E ela, instintivamente, o abraçou.

Não podemos definir que foi um abraço amoroso, sobretudo por parte de Pedro. Ficaram com os corpos colados por uns segundos, sem palavras. Ao se soltar, Pedro parecia que havia visto um fantasma. E não foi nada simpático, pois existia um pouco de raiva em seu olhar.

— Exijo uma explicação imediata... O que está a acontecer aqui?

Carolina ficou brava, bateu com a mão na mesa:
— Quem a exige somos nós, ninguém deixa amiga minha com o coração partido e desaparece mundo afora.

Havia falado tão alto que chamou a atenção dos demais clientes que tomavam um aperitivo para o almoço. O estresse e o espanto eram tantos, que Pedro deixou o corpo cair na cadeira. Como o boxeador que se entrega à derrota. Colocou as mãos na cabeça e ficou em silêncio. Parecia que chorava, despertando certa piedade e culpa nas meninas.

— É uma longa história que precisam de saber, disse ele. Meti-me num grande sarilho, Madalena.

Contou-lhes toda a história da Malta do Tremoço e de como os azares de sua vinda tinham a ver com eles. Haviam sido corajosas em vir até o Porto, mas agora corriam riscos. Como os que ele corria. Esperava que tivessem tempo para saber de tudo...

— Todo o tempo do mundo, Rita respondeu, ainda um pouco irritada.

Então ele contou em detalhes tudo o que tinha se passado desde seu sumiço. Era uma história digna de filmes do James Bond, ou de um livro da Agatha Christie, que Dona Leon lia aos montes. Segundo ele, sua vida escondia sempre um lado triste: a fraqueza pelos jogos.

Havia se tornado um jogador de pôquer que acumulara dívidas. Não tinha de onde tirar mais dinheiro, e fora justamente pegar emprestado, mal sabendo que seu **agiota** era ligado à tal "Malta dos Tremoços", que, na época, também atuava em Lisboa. Numa noite, teve um sonho: perdera três jogos seguidos. No quarto, apostou o que tinha e o que não tinha. E ganhou uma fortuna. A noite seguinte foi parecida com o sonho. Perdera três vezes seguidas. O que era bem raro. Mas colocou na mesa os oito mil que restavam do empréstimo. E apostou, pois o sonho havia assegurado que ganharia. Mas perdeu. Na busca de recuperar o dinheiro perdido, foi fazendo novos empréstimos. Quando parou, sua dívida passava de 40 mil.

Não havia como pagar aquela **dinheirama**. Depois de muito negociar, surgiu uma solução. Devia se mudar no dia seguinte para o Porto, e lá deveria jogar pôquer online para eles.

Uma mudança forçada e triste. Os amigos ficaram para trás. O trabalho que, com o tempo, tinha a chance de engrenar. E principalmente um amor chamado Madalena. Ele queria preservá-la, mantê-la longe de todas as confusões e perigos em que se metera. Sumir em silêncio, sem deixar vestígios, parecia a ele a única solução.

E sua vida no Porto se resumia a jogar. Todos os dias. À medida que ia vencendo, a dívida diminuía. Mas os juros das máfias parecem piores que os dos bancos. Havia entregue milhares de euros, mas pelas contas deles, ainda faltavam oito anos de trabalho para saldar tudo.

Além de jogar, gerando um bom lucro para a gangue, ele ainda era explorado de outras formas. Por conta do curso de Engenharia e seus conhecimentos em Matemática, ajudava Dona Lourdes, a sinistra tia do Machadinha, a cuidar da contabilidade geral.

– Pedro, escondeste-me tudo durante todo este tempo, interrompeu Madalena.

— Peço que me perdoes, mas este não é o momento para discutirmos a nossa relação. Vocês correm perigo só por estarem aqui. E eu também.

Os fatos que Pedro acabava de descrever eram assustadores, não permitiram a reação imediata do trio. Pedro, depois de fazer a confissão, parecia mais aliviado. Conseguia já olhar nos olhos de Madalena e começou a achar as adolescentes menos antipáticas.

Daí a pouco, Rita foi direto ao assunto:

— Se essa história é verdadeira, vamos fugir amanhã, Pedro. Você não pode ficar escravizado assim, isso é desumano. Além do mais, a gente liga para a polícia e acaba com essa Malta dos *Três Moços* de uma vez por todas.

Pedro chegou até a rir, mas logo a desanimou. Disse que se houvesse jeito de fugir, ele teria feito. Havia sempre pessoas da quadrilha por perto. Mais uma vez Rita lembrou de seus pensamentos aos oito anos! Eles o vigiavam o dia inteiro. E no mundo do crime, os desertores ou os caloteiros vão cedo para o cemitério.

— Temos que parar por aqui!, disse muito sério. E foi se levantando.

— Calma, Pedrinho, disse Madalena, relembrando a alcunha dos bons tempos. Estas miúdas encontraram uma carta que nunca te enviei. Ficou perdida dentro de um livro. Elas sabem toda a nossa história. Não sei o que sentes por mim, mas gostaria de pelo menos ter o teu número de telemóvel. Teremos que partir amanhã, mas queria receber notícias tuas.

O fugitivo logo anotou um número em um guardanapo de papel amassado que estava na mesa.

— Mas só mensagens, por favor. Confio na vossa discrição e fico aliviado que vão partir amanhã. Sei que agi mal. Estou ainda confuso com tudo isto. Espero que me perdoes. Sem mesmo dizer adeus, se levantou e desapareceu do café.

Enquanto arrumavam as malas para voltar, as amigas viviam um clima de euforia e ansiedade. Mal podiam acreditar que haviam encontrado Pedro Henrique! Por outro lado, parecia que se meter naquela confusão policialesca seria arriscado. Nenhuma das três jamais havia passado por algo do gênero, e isso lhes dava um frio na barriga e certo medo de prosseguir.

O coração de Madalena bateu mais forte. Ela havia sido correspondida? Perguntava-se apenas isso. Para Carolina, a visita de Rita foi o fato mais emocionante que aconteceu em sua vida, e a brasileira era forte candidata a se transformar na melhor amiga. Rita pensava apenas na mãe e na avó em Santos — jamais imaginariam os perigos que elas passaram. Parece que a saudade de um colo confortável e seguro tinha aumentado.

Se dependesse da mesma persistência que levou as três a encontrar Pedro Henrique, o telemóvel do rapaz apitaria sem parar nos próximos dias. A primeira mensagem que chegaria, vinda de Madalena, seria: "Todas as cartas de amor são ridículas".

CAPÍTULO 16

Um plano mirabolante

Pedro demorou alguns dias para clarear os pensamentos. Embora tivesse visto cenas fortes no submundo, o encontro com as três havia mexido mais com as emoções do que enfrentar uma perseguição num dia de chuva. Havia percebido duas coisas: Madalena ainda gostava dele, apesar de todo o sofrimento que causara. E as duas adolescentes falaram algo que ele já havia esquecido: que podia ser livre novamente.

Em poucos dias, tinha um plano. Não sentia tanto medo. Pensando bem, os Tremoços não estavam bem organizados. E nem eram muitos. No passado, chegaram até ter ramificações em Lisboa, mas agora estavam em decadência.

Uma notícia recente foi a prisão, em Marrocos, de dez membros da Malta, incluindo Lucas Corvo, o líder dos trabalhos de campo. A trapalhada no norte da África deixou-os confusos. Analisando friamente, o setor que ocupavam no mundo do crime deveria ser o do "crime desorganizado".

Imaginem que ele, um reles jogador online, ajudava na contabilidade central, ao lado de Tia Lourdes, ou simplesmente "A Tia", mulher mal-humorada, rancorosa e vingativa?! Vinha a ser a tia de Machadinha, que muito aprendeu com a perversa parente. Ele morre de medo dela, faz tudo o que manda, sobrinho obediente que é.

Trabalhando parte do tempo na contabilidade, Pedro tinha acesso a informações importantes. Sabia como seus esquemas funcionavam. Onde gastavam dinheiro. Onde lucravam. Na sua caríssima folha de pagamento, havia gente de todos os setores. Desde os maus policiais até os médicos clandestinos. Passando por funcionários pilantras de algumas Câmaras, portos e aeroportos.

A Tia, que na juventude mal sabia discar um telefone, se apaixonou pelo mundo da informática. E quis levar essa moderna ferramenta para o cotidiano da Malta. Com a ajuda de um consultor, que custou os olhos da cara, informatizou tudo. Só que exagerou. A lista dos subornados estava todinha no computador, em planilhas e tabelas, com descritivo de data, assunto e valor. Toda máfia que se preze tem estes controles, claro. Mas estas informações perigosas ficam em cadernos de capa dura, fáceis de esconder ou transportar no caso de uma visita da polícia.

A Tia foi pioneira. Arquivos digitais, criptografados. Sim, protegidos por um programa criado por um nerd do escritório, Ruy Ficheiro, "uma inteligência voltada para o mal". Chegam a uma nova era, viraram os *Tecnotremoços!*

O plano até que era "bem simples". Num dos dias em que ajudava no escritório, inseriria um programa que quebraria a criptografia, permitindo que os arquivos fossem copiados. Depois faria cópias, para distribuir nos jornais *Expresso*, *Público*, *Diário de Notícias* e *Correio da Manhã*. E para algumas **esquadras**, onde tinha certeza de que não haveria tremocistas infiltrados.

Mesmo enviadas por um anônimo, as planilhas da Tia chamariam atenção, pois eram bem detalhadas e vários nomes conhecidos estavam ali. Era certo que isso causaria confusão. A polícia mandaria alguém para gentilmente convidar a Tia e o Sérvio para dar uma pequena entrevista, no espaço de convívio da esquadra, da delegacia. Machadinha, já que é procurado, precisaria sumir do mapa imediatamente. E nesse vaivém, eles baixariam a vigilância nele. Teria uma chance para fugir. Iria para Lisboa, e lá ali faria documentos para uma nova identidade. Depois, era só convencer Madalena a largar o trabalho, o apartamento, a família e os amigos para seguir com ele para outro país. **Moleza**!

Pronto, a ação começa para valer. Com seus poucos eurinhos, ele comprou oito pendrives, envelopes, papéis, cola e canetas. Depois, foi atrás do "Mon", o hacker que poderia invadir o sistema da Tia e quebrar a segurança. Ramon Monteiro era um desafeto do Lucas Corvo. Por uma dívida que não foi paga no prazo, levou uma surra dele, de moer os ossos. Isso foi antes da Páscoa; quebrou um dedo, perdeu um canino e um incisivo. Isso tudo doeu mais quando ele viu o orçamento dos implantes.

Pedro e Mon entraram num acordo rapidamente. Só em saber que poderia causar dificuldades ao Corvo, já ficava satisfeito, nem quis cobrar nada. Ele combinou que durante a madrugada, invadiria o sistema e deixaria os arquivos livres para serem copiados por Pedro no servidor, no dia seguinte.

Em seguida, mandou uma mensagem para Madalena, avisou que o plano sobre "o-que-ela-sabia-do-que-se-tratava" já estava acontecendo. Precisava agora ficar dias sem dar notícias, mas assim que estivesse em segurança, ligaria de um novo número. Depois disso, arrancou o chip, amassou, pulou em cima e o jogou na lata de lixo.

Comprou um novo, para usar na fase dois. Por enquanto, o telemóvel ficaria desligado.

No dia seguinte, chegou cedo ao escritório, e somente o garoto Ruy estava lá. A Tia havia deixado uma lista de tarefas. Ficou ali, esperando que o colega saísse um momento. Poderia, então, fazer o que precisava. As duas câmeras de vigilância da sala estavam quebradas havia pelo menos um mês. Maravilhas do crime desorganizado...! Mas nada de Ruy sair. E Pedro ficou impaciente. Desenhou alguns números em um papel e sugeriu que ele fosse apostar na **Totoloto,** pois era o último dia. Faria a aposta simples, e ele podia ficar com o troco da nota de cinco euros. Deu certo; em segundos o gajo descia as escadas assobiando.

Agiu rapidamente. Foi até o computador da Tia, quebrou as palavras-passe, as senhas e instalou o programa especial. Assim pode copiar os arquivos proibidos. As cópias ele faria em seu quarto, com o seu portátil.

Ao meio-dia saiu para almoçar e não voltou mais. Por volta das quatro da tarde, o Sérvio foi informado que Pedro não voltara e nem foi visto nos locais frequentados por eles. Às seis, Machadinha coçava a cicatriz, ativava os neurônios e tentava criar um jeito de capturar o fujão.

Mas Pedro não perdeu tempo. Fez cópias para todos os pendrives, colocou-os em envelopes, que seriam enviados para as **redações** dos jornais e algumas delegacias.

Machadinha estava furioso! Com ele e consigo mesmo. Eles tinham Pedro em seu poder há quase três anos, e era tão dócil, tão medroso. Aceitara com tanta facilidade a prisão, que deixaram a rédea solta.

A MISTERIOSA CARTA PORTUGUESA

O jeito foi mandar todos os homens disponíveis para as ruas. Começaram a procurá-lo nas Estações de Campanhã e São Bento. Na rodoviária. E nos barcos. Ruy buscava lista de passageiros no aeroporto, mas era quase impossível encontrá-lo ali, pois o passaporte do rapaz estava com eles, guardado no cofre. Nuno Peixeiro sugeriu usar também os seus contatos com a bandidagem do Porto. Nestas horas, todos se ajudam. Enviaram por mensagem a foto e o nome do fugitivo. Ele não iria escapar.

Aos poucos, a raiva de Machadinha abriu espaço para um leve sorriso, pensando nos castigos que poderia escolher. Afogamento com toalhas. Eletrochoque. Retirada com alicate de algumas unhas dos pés e das mãos. Havia assistido a um filme "inspirador", em que soldados aplicavam todas estas especialidades, com apuro técnico, em dois civis iraquianos. Mal podia esperar...

Pedro não poderia fugir do Porto imediatamente. Sabia que teria gente em seu encalço nas estações. Escolheu ficar em uma casa abandonada no bairro da Boavista, onde passara a infância. Pois um outro dia, quando teve tempo de fazer uma caminhada, vira numa das ruas um casarão que parecia familiar, fechado, com tábuas pregadas nas janelas. Teve uma certa tristeza, pois ali moraram amigos seus, e costumava frequentá-la com sua mãe. Talvez uma disputa judicial de herdeiros fazia com que aquela valiosa propriedade estivesse lacrada. Daria um bom esconderijo, bem nas barbas do Machadinha.

Seguiu para lá, mas antes foi até uma agência dos correios. Dali postou os envelopes. Usar o correio tradicional tinha vantagens, suas informações não poderiam ser rastreadas. Ruy e Tia não saberiam de nada, até ser tarde demais.

Em seguida, parou numa mercearia e comprou comida e bebida para três dias, pois esse era o tempo que levaria para as cartas chegarem. Não poderia mais falar com Madalena e as meninas, um celular ativado agora era perigoso, deixaria rastros fáceis de serem seguidos.

O duro é que ele era viciado na telinha! Ele começou a imaginar uma tela digital na cabeça, com alguns joguinhos que poderia mexer no fundo de sua imaginação. Para distrair, levou um baralho. Mas estava tão acostumado com o jogo online que poderia pensar que as cartas faziam barulhos eletrônicos e se viravam sozinhas. Que tortura era viver offline!

CAPÍTULO 17

Emoção até o último minuto

Pedro estava exausto, as pernas bambeavam, fazendo com que os joelhos tremessem. Suas mãos suavam, a nuca também. Desde que começara a perseguição, essa era a terceira noite em que não dormia. Estava escondido no sótão daquela casa, sem fazer barulho nenhum. O pior era o pó que cobria as caixas e mais caixas, com recordações de outro tempo. As crônicas de uma casa abandonada, que servia de providencial esconderijo.

Neste inesperado confinamento o jovem ainda tinha tempo de pensar. "Recordações não podem ser guardadas em caixas". E depois concluía, "No fim a gente guarda é pó". Estar rodeado de pó não é nada bom para um alérgico, que a qualquer momento pode espirrar. E até engolir o espirro faz barulho. Barulho que prometia chacoalhar tudo que estava ao redor e entregar a sua posição ao gajo armado que o caçava. Será que ele já estava dentro da casa?

Ainda bem que ele não tinha medo das baratas, que de vez em quando tentavam subir em sua calça. Dava um piparote e o inseto voava longe. Mas logo vinha outra começar a escalada. Pedro viu que a persistência era a principal característica do inseto. Lembrou-se de uma reportagem que lera há pouco tempo: se o mundo acabasse em uma hecatombe nuclear, elas sobreviveriam. Seu piparote era tão inofensivo quanto uma biribinha. Em que enrascada havia se metido – talvez seria mesmo bom se o mundo chegasse ao fim. Não fossem essas adolescentes metidas a detetive, sua vida não correria perigo! Nem a delas.

Restava apenas meia garrafa de água e alguns chocolates. Os Tremoços todos deveriam estar à sua procura. Àquela hora a Tia deveria ter descoberto que ele roubara os comprometedores arquivos. Imaginou os palavrões, xingamentos e pragas que ela diria. E sendo do signo do escorpião, a Tia já devia ter pensado numa dolorosa vingança. Encontrá-lo seria questão de tempo. A não ser que os arquivos que enviara à polícia e aos jornais fossem levados a sério.

* * *

Nuno Peixeiro foi quem descobriu a primeira pista sobre Pedro. Recebeu uma mensagem do Barriga, que atuava do bairro da Boavista até a Foz do Douro. Por acaso, ele viu o miúdo. Foi no dia anterior, estava numa mercearia, fazendo compras. Pedro chamava atenção por ser magro e muito alto. E por usar uma camisola com a águia do Benfica, justo nas terras do Boavista e do Porto. Ele era parecido com a foto, e a idade e altura se encaixavam. Nuno pegou os objetos de trabalho, chamou o motorista e seguiu para o bairro da Boavista.

Percorreu as redondezas, rodou o que tinha de rodar, não viu ninguém parecido na rua. Ficou nessa tarefa umas duas horas, e já começava a escurecer. Chamaram a sua atenção dois casarões fechados por ali, numa mesma rua. Será que valia a pena vasculhá-los? Pensou um pouco e desistiu. O tempo estava curto, eles estavam em alerta também com a entrega dos novos telemóveis. Eram três levas de aparelhos coreanos roubados. Entregues em locais diferentes. Não seria melhor contratar alguém de fora para cuidar do fugitivo?

Voltou a Pinheiro Chagas e foi até a tasca conversar com Machadinha. Logo encontraram um nome perfeito para executar o serviço. Ele vivia em Torres Vedras e chegaria na manhã do dia seguinte. Era o Seixas, um tipo de boa pontaria, muito discreto, e que colecionava serras elétricas e bichos empalhados. Já ouviram falar dele?

Machadinha saiu do café, subiu na moto, com sua boina amarela. Era um mistério o que acontecia, por mais que acelerasse pelas ruas estreitas do bairro, a boina nunca caía. Após uma curva fechada, o piloto viu o rio Douro se abrindo, reluzindo ao sol, e pensou numa maldade. Já, já, no porão de um daqueles barcos, Pedro estaria amarradinho, amordaçado, seguindo para a Espanha, rumo a um castigo maior.

* * *

Pedro não teve dificuldade em arrombar a porta dos fundos. Entrou no casarão e as recordações vieram todas de uma vez. Uma família numerosa vivera décadas ali. Quando criança acompanhava sua mãe nos chás que Dona Nazaré Paleta organizava. E foi redescobrindo o cenário de tantas brincadeiras, as portinholas, os alçapões e os grandes armários, com passagens quase secretas para outros **cômodos.** Percorreu todos eles e foi anotando ideias para armadilhas. Se alguém da Malta entrasse, teria uma dolorosa surpresa.

Resolveu se alojar no sótão. Além da escada, havia uma abertura grande o suficiente para passar móveis e caixas, quando içadas por uma roldana. Pedro teve então a ideia que poderia salvar sua vida.

* * *

Na manhã do dia seguinte, Seixas já estava no escritório, conversando com a Tia, pois os rapazes haviam saído para cuidar da chegada de mercadorias valiosas no Porto de Leixões. Recebeu o envelope com a metade do pagamento, 5 mil euros em notas de 100. A cabeça de Pedro valia muito, o que será que havia feito? Recebeu o endereço das duas casas vazias que Nuno Peixeiro descobriu. E seguiu para lá imediatamente.

CAPÍTULO 18

A ratoeira

Madalena andava preocupada. Eram cinco dias sem notícias do Pedro. Os piores pensamentos passavam por sua mente. Machadinha segurava uma faca, e seu capanga trazia uma pesada caixa de ferramentas. Outro homem sorria diabolicamente. A Malta dos Tremoços a perseguia até nos sonhos, de um jeito invisível e perturbador.

Rita trocava mensagens com ela o tempo todo, tentava animá-la, desviava do assunto, falava coisas engraçadas do Brasil, como os nomes próprios que eram misturas dos nomes da mãe e do pai. E assim vieram o Roberval, filho de Roberto e Valdete; Sidcley e Sidcleide, filhos gêmeos de Sidnei e Cleide; Ezequiellen, Francinaldo, Izabenildo, Marizelma, Marlúzia... Mas nada arrancava uma carinha amarela e sorridente, nas mensagens da amiga.

Dizem que existe o tal do sexto sentido, e era isso que Madalena percebia. Um elo que havia se criado com Pedro há tempos, por mais que estivesse rompido, parecia ainda existir. Um frio na barriga, as mãos suando. Sem motivo aparente, ela sabia que algo estava próximo de um desfecho; e que não seria necessariamente bom.

O Robertinho da Ponta da Praia escrevera para Rita. Era uma mensagem só de texto... Nem precisava de mais nada. Ele contou várias coisas do Algarve. De Lagos, onde mora, conseguia ver o sol se pondo no mar todos os dias, pois ele vivia bem no alto da cidade. Disse que ainda tinha dificuldades de entender o que as pessoas falam. Ainda mais se fosse ao interior, a uma aldeia, aí sim, o entendimento era mais complicado. Deu exemplo, acompanhado de tradução.

Algarvio da aldeia falando:

— *Não lhe deseje mal nenhum, senhô. Só queria que vivesse más cem anes e engordasse um quilo por dia.*

Tradução: Não lhe desejo mal nenhum, senhor. Só queria que vivesse mais cem anos e engordasse um quilo por dia.

* * *

Seixas entrou sem dificuldade no primeiro casarão. Vasculhou minuciosamente todos os pisos. Nada por ali. Nenhuma pegada nos assoalhos empoeirados. Então, a sua "presa" só poderia estar na casa seguinte, a duas quadras dali. Em poucos minutos estacionava em frente ao número 225.

Pedro ouviu o barulho do motor, era um carro que parava em frente. De uma frincha da janela viu que um homem alto saía da carrinha vermelha, carregando uma grande sacola no ombro.

Rapidamente, ajustou o lençol grosso em cima do vão. Deixou bem esticado, não dava para perceber nenhuma alteração no assoalho. E pronto, foi se esconder atrás do maior dos caixotes. Abraçou os joelhos para diminuir o tremor do corpo.

Seixas chegou. A entrada foi mais fácil do que na casa anterior, a porta dos fundos já fora arrombada por alguém. Começou a olhar cômodo por cômodo. Eram muitas pegadas de um mesmo par de botas. No segundo piso viu uma lata de refrigerante. E uma embalagem vazia de batata frita, com aquele cheirinho rançoso de gordura. Havia alguém ali.

Pisando bem mansinho, vasculhou todos os aposentos. Em seguida, desceu as escadas do porão. Nada. Faltava apenas o sótão. Era uma escada estreita, deixou a sacola no chão e subiu, com a pistola em uma das mãos. Do último degrau da escada ligou a lanterna e viu caixotes, caixas e pedaços livres do piso, todo coberto com velhos lençóis. Seixas gritou:

– Pedro, acabou. Estás cercado. Sai devagar e com as mãos ao alto.

O pistoleiro não sabia que estava a meio metro do alçapão. Se desse mais um passo, pisaria no lençol que o escondia. E poderia fazer uma rápida viagem ao segundo piso, na velocidade de cinco metros por segundo.

Pedro deu um gemido, bem alto – e bem fingido. Depois disse:

– Senhor, por favor, ajude-me. Fui picado por um escorpião. Não consigo andar. Soltou um outro gemido de dor.

Seixas riu. Não foi recebido a tiros e sim por um truque manjado, primário, amador. Era mesmo coisa de um jovem que via muitas séries policiais.

As caixas de papelão não protegeriam Pedro das balas e Seixas já calculara de onde saíra a voz. Deu um passo à frente para reduzir o ângulo do tiro. Mas o pé direito da pesada bota militar pisou firme na armadilha do lençol. Seixas desequilibrou-se, foi engolido pelo buraco, numa queda de oito metros, sendo o joelho direito o primeiro a tocar o chão.

O caçador de espécies ameaçadas estava estatelado, imóvel. Ao ouvir o barulho, Pedro correu para a beira do alçapão e viu um corpo estendido no chão e a pistola ao lado. Rapidamente desceu as escadas. Com um fio elétrico amarrou as mãos do homem, que respirava com dificuldade, ainda tonto, sem chances de reação. Pegou a arma e a colocou na mochila. Revistou todos os bolsos da **gabardina**, achou os documentos e as chaves do carro. Na bolsa preta, viu uma escopeta, uma serra elétrica, revólveres e uma pastinha de papelão. Nela, um envelope gordo, com muitas notas de 100 euros. Olhou pela janela, não havia ninguém dentro do carro. Com um lenço apagou suas digitais na cena. Desceu o lance da escada e abriu a porta dos fundos. Seguiu em direção ao passeio, parecia que ele viera sozinho. Do telemóvel confiscado, ligou para a delegacia de polícia. Com voz firme e pausada, fez a denúncia anônima, avisando que havia um homem amarrado, vivo, numa casa da Boavista. Com uma mala cheia de armas. Passou o endereço e desligou. Depois, deu a partida no carro, seguiu em direção ao rio, pensando qual seria o melhor caminho para escapar.

* * *

O **subcomissário** foi avisado pelo agente de serviço que os correios deixaram um envelope muito interessante. Foram para a sala de informática descobrir o que tinha no pendrive enviado sabe-se lá por quem. O técnico abriu os arquivos, as revelações eram sérias. Tudo fazia sentido, não parecia uma brincadeira. O subcomissário conhecia o processo sobre a Malta dos Tremoços, e as informações se mostraram coerentes com todo o histórico de investigações até então. Ele acreditava que poderiam conseguir um mandado e enviar Machadinha, Sérvio e a titia Lourdes para o xilindró. Pedro havia se saído bem na primeira etapa. Mas como sair do Porto? Ele pensou que os homens da Malta estariam vigiando todas as saídas. Resolveu arriscar-se e seguiu pela ponte da Arrábida. Dali, mais 70 quilômetros até chegar ao **Aveiro**. Estacionou no centro, limpou as digitais de novo e seguiu a pé até a rodoviária. Pouco depois, com cinco mil euros na bolsa, já aguardava o autocarro com destino a Lisboa.

Nestes momentos de espera, não parecia sentir-se bem. Um pouco de tontura. Seus olhos estavam incomodados com a luz artificial e começaram a arder. Sentia um calor de febre. Delirava. Será que estava mesmo vivo ou era um sonho? Chegou a se aproximar de uma senhora para conversar e ela o ignorou. As pessoas ao lado já o **olhavam de revés**. Teria sido reconhecido? Sua imagem já estaria na internet como procurado? Procurou se acalmar. Chegou ao balcão de um minúsculo bar, pediu um café, bem forte, e uma garrafa de água. Repetia para si mesmo que tudo não passava de paranoia. Mas, estaria vivo mesmo ou aquele mal-estar era próprio de uma alma no purgatório?

Embarcou. No caminho, mais calmo e com a poltrona recostada, pode dormir um pouco. Mas tarde, tomou coragem e enviou uma mensagem a Madalena. Pediu para se encontrarem no lugar de sempre, dentro de seis horas. Isto bastava. Se conseguira usar o telemóvel, é porque estava mesmo vivo; afinal, mortos não têm acesso à tecnologia.

CAPÍTULO 19

Nem todo final de livro é feliz...

... principalmente se tem mistério, roubo, polícia e bandido. Mas esse foi. Ninguém morreu, ninguém partiu, ninguém deixou de ser amigo. Além disso, boa parte da Malta dos Tremoços está atrás das grades.

Machadinha, a Tia, Nuno Peixeiro, Sérvio, e até o Seixas agora dedicam-se à gramática, abusando das conjugações do verbo ser: **foram de cana**, foram para o xilindró, foram para o xadrez, foram ver o sol aos quadradinhos. Pelo que acompanharam nos jornais, graças a uma denúncia anônima, a polícia cercou a quadrilha. Vários líderes presos, processos e mais processos sendo encaminhados. A organização mais desorganizada da Europa seria reduzida a pó.

Depois de tantas idas e vindas, tanta preocupação, tantas noites mal dormidas, Rita e Carolina souberam de tudo o que acontecera. E voltaram à vida de antes, quando a curiosidade delas ainda não havia sucumbido à misteriosa carta portuguesa.

Esse encontro com Madalena e Pedro mudou a vida dos quatro. Em Lisboa, após Pedro ter voltado do Norte, o casal se encontrou no lugar de sempre, debaixo do enorme **cedro** que reina no Parque do Príncipe Real. Ali era um dos lugares preferidos dos dois. E puderam colocar a conversa em dia. Conversa em paz, depois de tantos anos. O amor de Madalena estava apenas adormecido, e como Pedro havia vencido os medos (e a Malta dos Tremoços), foi uma coisa natural reatarem o antigo namoro.

Pedro mudou de identidade, usa agora um bigode fino. Quando vai à rua sempre está com a cabeça coberta e óculos escuros. Terá que sair da capital em breve. Tentou convencer Madalena de que precisavam ir a outro país, até a poeira baixar. Mas ela não podia sair de Portugal agora. Era impossível.

Há um antigo ditado popular que um acontecimento não foi contado por completo: "da missa não sabe a metade". É o que acontece com seu Beto e Dona Rosa. Se eles soubessem apenas um décimo das coisas em que Carolina estivera envolvida, teriam de ser internados às pressas no Hospital das Caldas da Rainha.

Mas deixando de lado as preocupações com os pais, Carolina estava muito feliz em ficar amiga de Madalena. E mais feliz ainda por ter ajudado a renovar um antigo namoro.

Passados alguns dias, Pedro fez questão de ir a Óbidos, com Madalena, para agradecer pessoalmente às miúdas. Foi uma conversa bonita, dentro de um café da rua Direita. Afinal, ele tinha gratidão imensa pelo que fizeram. Tudo merecia ser comemorado.

E dessa comemoração Rita jamais se esquecerá. Foi no restaurante da família do André, amigo de Madalena desde quando estudavam no primeiro ciclo. Ele era um dos poucos que sabiam da história toda, e ofereceu um jantar aos quatro.

Neste livro muito se falou de comida, e ainda há mais. O André já havia pensado na ementa a ser servida, mas foi antes discutir com a família. Seu Vitor sugeriu o **bacalhau a lagareiro** como prato principal, preparado no azeite e acompanhado de **batatas ao murro**. E sua esposa aplaudiu a escolha. Como são uma família sem nenhuma pontinha de desunião, concordaram no resto. Para as entradas, azeitonas, **pão saloio**, azeite e o pão com chouriço, que eles fazem há anos. Além disso, uma tabuinha com presunto, presunto e mais presunto fatiado. Ah, e queijo de cabra! Este não poderia mesmo faltar.

Ficaram numa mesa reservada, numa sala só para eles, pequena e muito aconchegante. E conversaram durante horas. Madalena lembrou histórias de André, quando era um miúdo de dez anos e estudavam na Escola dos Arcos. Ele disse para não acreditar em tudo que ela dizia, metade era pura ficção.

Rita perguntou a eles sobre os vários pratos que possuem nomes próprios. O **bacalhau a Brás** o **bacalhau a Gomes de Sá** ou aqueles frutos do mar bastante apreciados, as amêijoas, servidas com o belo nome de **amêijoas a Bulhão Pato**.

— Esta história do Gomes, conto eu, que tenho prioridade para falar de assuntos da minha cidade — disse Pedro.

Realmente, era o único **tripeiro** da mesa.

— Rita, o nome completo do inventor é José Luís Gomes de Sá, um negociante de bacalhau do Porto. Ele gostava, no convívio com os amigos, de fritar pastéis de bacalhau, bolinhos, como dizem os brasileiros. Um dia, farto de fazer sempre o mesmo, inventou uma receita, que levava ovos, azeitonas, batatas cozidas e bacalhau às lascas. Anos mais tarde, vendeu a sua deliciosa receita a um restaurante de Lisboa. E foi um sucesso. O bacalhau a Gomes de Sá ficou conhecido por todo o país. E no Brasil, do mesmo jeito...

Rita gostou da explicação. E perguntou mais; como era a história do senhor Lagareiro, o inventor do prato de bacalhau que agora comiam. Todos riram, e Madalena abraçou Rita e lhe deu um beijo na testa. Explicou carinhosamente que lagareiro não era um nome de família, como Santos, Silva ou Martins. E sim quem era o dono do lagar. O lagar é o lugar onde se espremem as uvas para fazer o vinho, ou as azeitonas, para o azeite. Como este prato tradicional requer muito do precioso óleo, ganhou este nome.

Depois, brindou Rita e Carolina. Disse que se não fossem as duas miúdas, Pedro e ela nunca mais se encontrariam. E é verdade: ajudar no reencontro dos namorados virou quase uma obrigação para as duas. Graças à coragem e vontade de ajudar, elas ouvirão diversos "obrigado" pelo resto da vida.

Já em casa, na Aldeia do Pinhal, até Gonçalo, o impertinente irmão mais velho, teve de admitir: as duas agiram como verdadeiras detetives. Achar pessoas a partir de nomes escritos no envelope de uma carta era para poucos. Ainda mais numa carta perdida dentro de um livro, um dos milhares de exemplares da Biblioteca de Óbidos. A façanha mereceria ganhar a Medalha **Sherlock Holmes**, se é que essa medalha existe.

* * *

O tempo passou mais rápido que o normal, constatava Rita. Ela, que detestava despedidas, engolia o choro quando abraçava cada amiga. Mas o mundo parecia menor agora. Pedro, Madalena e Carolina prometeram uma visita ao Brasil, que poderia ser em breve. Já era hora de colocar as malas no carro e seguir para o Aeroporto da Portela. De alguma forma, os dois mundos em que vivera começaram a trocar de posição. Quando leu o nome do aeroporto na passagem aérea, um ato falho trouxe à sua mente a imagem da Portela, escola de samba carioca, desfilando com a tradicional águia na avenida Marquês de Sapucaí.

Mas antes do Carnaval havia outras festas para acontecer, a Bienal do Livro, o Natal. Ah, o Natal ao lado de sua família... E isso trazia uma felicidade, um calorzinho no coração. Era como se seu corpo sorrisse.

Quando passaram em frente à entrada para Bombarral, Dona Rosa desatou a falar sobre as precauções que deveria tomar em cada etapa de sua volta. Rita ouvia as palavras e os sons, mas depois de um tempo não processava na mente nenhum significado. O cansaço voltara e a mergulhara num sono pesado. Acordou apenas no estacionamento do Aeroporto, com risos de todos. Atordoada, não sabia o que conversara no carro e o que tinha falado enquanto dormia.

Quando viu todas as suas malas no carrinho do aeroporto, teve uma sensação estranha. Tudo havia sido um sonho? Claro que não. Mas a palavra *sonho* ganhara outro significado. Era sinônimo de vontade, desejo. Que poderiam ser vividos e realizados. Para ela, a vida em Portugal foi o pedaço de um deles. Foi de fato um sonho, então.

Depois do embarque, sentadinha na poltrona 12A, Rita sabia o que fazer para driblar as saudades de Portugal, que já começavam. Abriu o caderninho e começou a esquematizar, por tópicos e temas, toda a história, prestes a contar para a família. Bem, quase toda a história. Pois se ela fosse contar tintim por tintim, era capaz de Dona Leon ter um **piripaque**.

Do outro lado do Atlântico, Digão acompanhou o final da história pelas inúmeras mensagens e ligações que recebia da amiga. E sofreu, principalmente pelo fato de que não falaram nada a ele sobre onde estava Pedro. Ele não via a hora, e contava os dias para o retorno de Rita, que seria no início de agosto, pois as aulas sempre começam nesta data.

No dia 7 de agosto, pela manhã, o avião pousaria em Guarulhos, e ele estaria lá, mais magro, acompanhado da nova namorada, com o grupo que faria a batucada de boas-vindas.

Obviamente, Tico não apenas o acompanharia, mas dividiria com ele os custos da van que subiria a serra e da dúzia de girassóis amarrados em papel transparente que entregariam a ela. Mas era somente isso que esses amigos dividiam com relação a ela? Uma coisa era certa: o ramalhete seria um só, mas cada um escreveria o seu bilhete de boas-vindas e não permitiria que o outro lesse... Quanto ciúme!

A poucos meses de terminar a faculdade, Maria Clara não poderia ir ao aeroporto. O estágio no Aquário estava cada vez mais **apertado**. Mas faria as honras com a presença no almoço-surpresa que Cris e Dona Leon haviam planejado para a chegada da garota: **feijoada completa**, **doce de leite mineiro**, **Romeu e Julieta** e **sorvete de açaí**.

Separou na bolsa de mão duas balas de menta e as colocou no bolso da camisa. Seria para depois do café da manhã, a dez mil metros de altura.

Afinal, tinha que estar preparada: ela ia tagarelar como nunca assim que recebesse o primeiro abraço.

Glossário do livro
A Misteriosa Carta Portuguesa

Capítulo 1

Auge do café (B): nas primeiras décadas do século XIX, o Brasil foi grande produtor e exportador de café. Sacas e mais sacas seguiam para o mundo pelo Porto de Santos.

Biribinha (B): peteleco com os dedos, piparote, tafoné.

Canja: caldo de base animal, geralmente de frango. Nele, o arroz é cozido, com ou sem temperos. Usualmente utilizada para alimentar os enfermos. Grande herança da culinária portuguesa. Quem nunca ficou doente e tomou uma canjinha?

Catraca (B): controla a entrada dos passageiros no autocarro, no ônibus.

Celular (B): telemóvel.

Ciclofaixa (B): faixa exclusiva dos ciclistas.

Da hora (B): expressão que denota característica positiva, podendo ser algo bonito, interessante, divertido etc.

Faixa de pedestres (B): passadeira.

Gajo (P): o brasileiro, com sua informalidade sem par, poderá chamar qualquer pessoa nascida em Portugal de gajo. Mas isso é péssimo. Para os portugueses, a palavra já significou pessoa qualquer ou que não se sabe o nome. Mas como nomeia aquele que é trapaceiro, velhaco, espertalhão, finório, malandro, é melhor não chamar ninguém assim. A não ser que esteja perseguindo o Pedro.

Legal (B): giro, fixe, porreiro.

Manera aí (B): calma, pá!

Média (B): em Santos, é o pão com manteiga. Nos outros estados do Brasil média é outra coisa, muito diferente: café com leite misturados.

Meu (B): ô meu ou meu, é o mesmo que você, cara, carinha, velho, véi. Regionalismo nascido em São Paulo.

Pão francês (B): pão de sal comum. O mais vendido pesa em torno de 50 g. Na região Sudeste fala-se assim, mas ganhou diferentes nomes pelo país, pois é popularíssimo. Como pão jacó no estado de Sergipe e pão de massa grossa, no Maranhão.

Quarteirão (B): o mesmo que quadra, agrupamento de casas ou prédios, residencial ou comercial, entre quatro ruas que se cruzam. Em Portugal, o quarteirão é outra coisa, muito maior. Um conjunto de prédios habitacionais. Dentro de pesos e medidas, a palavra tem o seu lugar: são 25 unidades de qualquer coisa. Um quarteirão de sardinhas, de pães, de travesseiros de Sintra.

Sandália de dedos (B): chinelo de borracha, de couro ou de qualquer outro material, com duas tiras.

Se conhecer (B): se conversar, se aproximar. Que o leitor português não se assuste com a posição dos pronomes. Jeito brasileiro de se falar e escrever. Dizemos se estuda, se cansa, se deita, se olha, os pronomes teimam em ficar antes do verbo e não há força capaz de mudar isto.

Shape: palavra inglesa e universal para definir a parte de madeira do skate.

Vazar (B): sair, ir embora.

Velho (B): os jovens usam para chamar todo mundo, independente da idade.

Capítulo 2

Arroto retumbante (B): arrotos de garotos adolescentes são assim.

Calçadão (B): se calçada em Portugal é passeio, este é um passeião, todo com pedras pretas e brancas, que margeia algumas praias urbanas. Com desenhos de ondas negras sob fundo branco, essa calçada em mosaico é comprida, vai da Ponta da Praia até o José Menino, onde fica o emissário submarino.

De cara (B): de imediato, no primeiro momento. Em Portugal, de caras.

Papo (B): conversa, diálogo.

Papo torto (B): conversa que se torna desagradável, desconfortável.

Quebrar o gelo (B): acabar com a tensão.

Sítio (P): sítio como propriedade rural é usado no Brasil. Em Portugal, sítio pode tanto ter o significado de lugar, localidade, como também o de página da internet, conhecido no Brasil pelo anglicismo "site".

Voando baixo (B): indo muito rápido.

Capítulo 3

Brigadeiro (B): não é a patente militar que fica entre coronel e general, e sim o doce (que ganhou este nome em 1945), feito com leite condensado, manteiga e chocolate, geralmente sob a forma de bolinhas coberta de grãozinhos de chocolate.

Gibiteca (B): bedeteca. No Brasil, chamamos de histórias em quadrinhos, gibis. Do outro lado do Atlântico, são as histórias aos quadradinhos, as BD, bandas desenhadas. A turma de personagens mais populares dos nossos gibis é a Turma Mônica, criada por Mauricio de Sousa. Mauricio é muito querido em Portugal. Já ganhou diversas homenagens, entre elas a do município da Amadora, bem perto de Lisboa. Construíram lá a Praça da Mônica, uma gostosa praça pública com grandes esculturas de Mônica, Magali, Cascão, Cebolinha e companhia.

Jururu (B): palavra de origem tupi-guarani. Denota alguém triste, cabisbaixo, macambúzio.

Matar aula (B): deixar de ir à escola, malandramente, para passear ou se divertir. Antigamente, em Portugal, dizia-se *fazer gazeta*; havia miúdos que trabalhavam nos jornais primitivos, as gazetas, e por isso, podiam faltar à escola.

Não dar a mínima (B): não se importar.

Pão Roberto Carlos (B): um pão doce com raspas de coco em cima. O nome só é usado no estado de Alagoas e homenageia o cantor de mesmo nome, um verdadeiro monumento musical, cultuado por diferentes gerações e que faz sucesso há mais de 50 anos.

Reais (B): O real é a moda oficial do Brasil. E, infelizmente, vale bem menos que o euro.

Rolê (B): passeio, encontro entre amigos, festa.

Sacar (B): perceber, compreender.

Tirar o cavalinho da chuva: esse ditado, tão popular entre nossos avós, sugere que não criemos expectativas ou ilusões sobre determinado acontecimento, porque ele não dará certo. Ainda hoje se usa, mesmo que não andemos mais a cavalo.

Travesseiro (B): almofada.

Vila das Rainhas (P): nome carinhoso que Óbidos ganhou, há séculos. A partir da Rainha Santa Isabel (1271-1336), uma vila inteira é dada como presente, prenda de casamento a todas as rainhas de Portugal. Sim, com casas, castelo, muralha, igrejas, tudo numa prenda só.

Capítulo 4

Agito (B): nesse caso, refere-se às atividades de lazer, passeios, festas.

"Allez, allez": vamos lá, vamos lá!

Andar (B): piso de um prédio. Rita mora no quarto piso.

Bagunça (B): desordem, confusão.

Bartolomeu Lourenço de Gusmão: (1685-1724) sacerdote jesuíta, cientista e inventor luso-brasileiro, nascido em Santos. Entre as suas inúmeras experiências e criações científicas encontra-se o primeiro "aeróstato funcional" construído no mundo – o balão de ar quente. A "passarola" do padre voador foi apresentada ao rei dom João V, no Palácio Real, perante a admiração de toda a corte portuguesa. Considerado um dos principais impulsionadores da aeronáutica, parte da história da "passarola" pode ser lida no livro *Memorial do Convento*, de José Saramago, Prêmio Nobel de Literatura.

Brigadeiro de panela (B): o mesmo brigadeiro já citado, mas feito de forma mais rápida e caseira. Isso porque, quando ele fica pronto, basta cada um ter uma colher e pegar sua parte direto na panela!

Contatar (B): contactar, entrar em contato.

Demais (B): muito bom, excelente.

Elevador (B): ascensor.

Florbela Espanca (P): escritora, autora de contos e sonetos marcantes na literatura de Portugal. Feminista convicta, escrevia com extrema emoção, espelhando o sofrimento, a solidão e o desencanto, na busca de ser feliz. Fernando Pessoa escreveu para ela o belo poema *À memória de Florbela Espanca*.

Gonzaga (B): uma das mais famosas praias de Santos. Outras são José Menino, Embaré, Pompeia, Boqueirão, Aparecida.

Mosquinha da banana (B): é a tal da drosófila, *Drosophila melanogaster*, mosca-das-frutas ou mosca-do-vinagre. De origem africana, o animal é amplamente utilizado em pesquisas genéticas e um dos motivos é que seu ciclo de vida é rápido: 24 horas!

Pelé (B): grande craque do Santos e da Seleção Brasileira. Foi o jogador que mais fez gols na história do futebol: 1.281 gols em 1.363 jogos. É o maior jogador de futebol que o Brasil já teve e terá...

Skank (B): palavra da língua inglesa que dá o nome a um dos grupos musicais mais amados do Brasil. A banda de Samuel Rosa e seus amigos mineiros é ouvida por fãs de diferentes idades.

Tirar de letra (B): realizar determinada atividade com extrema facilidade.

Três Corações (B): cidade do estado de Minas Gerais onde Pelé nasceu. Fica no sul do estado e possui cerca de 80 mil habitantes.

Zanzando (B): de origem africana. O mesmo que vaguear, passear, andar sem rumo.

Capítulo 5

Aterrar (P): aterrissar. O avião descola e aterra.

Chato pra burro (B): muito aborrecido, enfadonho, maçante.

Descolagem (P): decolagem.

Frio de rachar (B): frio intenso.

Gerundista (B): quem usa o gerúndio em demasia, como as operadoras brasileiras de telemarketing: vou estar telefonando pra você; vou ficar anotando a sua reclamação etc.

Hospedeira de bordo (P): comissária. Até os anos 90 era comum chamar essas brasileiras voadoras de "aeromoças".

Intercâmbio (B): viagem realizada por estudantes a outro país, com o intuito de conhecer sua cultura, aprender línguas e estudar. Em Portugal, em toda a Europa, enfim, é conhecido pelo nome Erasmus, interessantíssimo sistema de intercâmbio da União Europeia.

Intercâmbio 2: os semestres letivos do Brasil e de Portugal são invertidos. Em outras palavras, o primeiro semestre brasileiro é o segundo semestre português e vice-versa. Para intercâmbios na graduação, a diferença não altera os estudos, pois as disciplinas recebem equivalência pelas matérias do currículo brasileiro no retorno da viagem. Já durante o ensino médio, os intercâmbios podem ter um semestre ou um ano; de qualquer maneira, o aluno deverá, na volta, comprovar as matérias que cursou no exterior para que possa obter o diploma brasileiro.

Manteiga derretida: pessoa muito sensível, principalmente criança, que chora à toa.

Micro-ônibus (B): pequeno autocarro.

Pingue-pongueavam (B): este neologismo foi criado a partir da onomatopeia pingue-pongue, que imita o barulho da bolinha, indo pra lá e pra cá. O verbo, ainda não incluído nos dicionários, indica andar rápido, de um lado a outro, imitando os movimentos do jogo.

Profe (B): diminutivo afetivo de professora.

Puxado (B): forte, intenso. Mas pode ser usado como sinônimo de difícil ou trabalhoso.

Subir a serra (B): expressão que se refere às viagens de retorno do litoral em direção às grandes cidades. Quem sai de Santos sobe a Serra do Mar para chegar a São Paulo.

Capítulo 6

Alperce (P): fruta muito apreciada pelos portugueses, da família do pêssego.

Autocarros (P): ônibus.

Bombarral (P): município português do distrito de Leiria, pertinho de Óbidos. Bem conhecido por sua produção de vinho e de pera-rocha.

Camiões (P): caminhões.

Camisola (P): camisa de time. Cristiano Ronaldo veste a camisola número 7.

Enchidos (P): embutidos. Linguiças, salsichas farinheiras e chouriços são variedades de enchidos.

Escovar os dentes (B): lavar os dentes.

Frigorífico (P): geladeira.

Pastéis de nata (P): muitos brasileiros os conhecem por pastéis de Belém, bairro de Lisboa, como se somente em Belém fossem feitos. Um dos doces mais populares de Portugal.

Pequeno-almoço (P): café da manhã.

Praça de Santa Maria (P): referência urbana da Vila de Óbidos, uma das praças renascentistas marcantes em Portugal. Desde meados do século XVI tornou-se o coração da Vila, recebendo as principais cerimônias do município. Ali se encontram a Igreja Matriz de Santa Maria; em frente a ela, o Chafariz Real, mandado instalar em 1575 por ordem da Rainha Dona Catarina. Acima, o Pelourinho da Vila. Além disso, os Paços de Concelho manuelinos, que foram prisão e tribunal; o Solar da Praça, hoje Museu Municipal; Solar dos Aboins, edifício erguido pelo rei dom João V para receber a Família Real, antiga sede dos Correios e atual abrigo dos artistas da palavra que visitam a vila, particularmente no festival anual de literatura – o Folio; finalmente, o Telheiro, já citado em documentos do séc. XV, que serve de balcão de honra às atividades da Praça.

Sandes (P): sanduíche. No passado, era chamado de "entaladinho", mas já ninguém usa.

Sumo (P): suco.

Santinho (P): equivalente a dizer "saúde!" quando alguém espirra.

Vivenda (P): casa.

Capítulo 7

Ameia (P): ameias são aqueles "dentinhos" de pedra no alto das muralhas ou torres de um castelo, que davam proteção aos soldados.

Amyr Klink (B): navegador e escritor, ficou conhecido a partir de 1984 quando, sozinho, em 100 dias, fez uma travessia de barco pelo Atlântico. De Lüderitz, na Namíbia, até Salvador, na Bahia. Mais tarde, houve várias expedições ao Polo Sul, além de ter dado a volta ao mundo.

Aqueduto da Usseira (P): a construção foi iniciada em 1573 por ordem de Catarina de Áustria. Traz água da nascente na Usseira à Vila de Óbidos, em 6 km. Um dos monumentos mais fotografados pelos turistas.

Autocarros parqueados (P): ônibus estacionados.

Benfica (P): fundado em 1904, o Sport Lisboa e Benfica é uma das maiores equipes do futebol português, ao lado do Sporting e do Porto. O famoso atacante Eusébio ali jogou, de 1961 a 1975. Venceu duas vezes a Taça dos Clubes Campeões Europeus, hoje chamada de Champions League. Eusébio e Pelé, que foram contemporâneos, tinham grande admiração mútua.

Chouriço: o que o brasileiro chama de chouriço é o equivalente à morcela portuguesa, o embutido feito com sangue, tripa e vários temperos. O que o português conhece como chouriço é completamente diferente – avermelhado, tem massa de carne com pimentos ou pimentões e um leve toque de pimenta.

Estabacar (B): cair espetacularmente, estrepitosamente.

Ginja (P): os brasileiros pensam que é um licor de cerejas. Não é verdade. Pois em Portugal há cerejas e... ginjas, que são suas "primas". Mais escuras, maiores, mais sumarentas. A ginjinha de Óbidos é famosa no país inteiro. Os adultos chocólatras não dispensam tomá-la num copinho todo feito de chocolate.

Mouros: nome popular e genérico atribuído aos diversos povos do norte da África e Oriente que ocuparam a Península Ibérica na Idade Média, expulsos durante o período de Reconquista. Povos de religião muçulmana, monoteístas, que seguiam os ensinamentos de Maomé escritos no Corão.

Plátano (P): árvores nativas da Eurásia e América do Norte. As folhas ficam avermelhadas no outono. Existem vários na Praça de Santa Maria.

Romanos: atualmente, os romanos estão em Roma; mas antigamente eram chamados de romanos todos aqueles que pertenciam ao Império Romano, um dos maiores da história, com territórios contínuos na Europa, Norte da África e Oriente Médio.

Tasca (P): botequim. Mas pode ser um pequeno restaurante.

Time (B): equipa.

Turma (B): malta.

Vila Belmiro (B): maior estádio de Santos, patrimônio mundial do futebol.

Capítulo 8

Alice Vieira (P): uma das maiores escritoras portuguesas, dedicou grande parte de sua obra à infância e juventude. Entre seus livros, *Rosa, minha irmã Rosa*; *Graças e desgraças na corte de El Rei Tadinho*; *Diário de um adolescente na Lisboa de 1910*.

Brasília (B): capital do Brasil, cidade planejada, de arquitetura modernista, foi inaugurada em 1960.

Caldas da Rainha (P): município próximo a Óbidos com mais de oito séculos de história. Em 2011 tinha por volta de 51 mil habitantes. Ganhou reconhecimento da rainha Dona Leonor, no século XVI, pelas águas sulfurosas com capacidade curativa.

Cristiano (P): Cristiano Ronaldo nasceu em Funchal, na Ilha da Madeira, e é um dos maiores futebolistas da história. Começou sua carreira no Sporting de Lisboa. Depois Manchester United, Real Madrid e Juventus. Marcou 763 gols em 1.046 partidas, por enquanto. Vestindo a camisola sete da Seleção Portuguesa, venceu a Eurocopa de 2016.

Equador (P): primeiro romance de Miguel de Sousa Tavares, publicado em 2003. Tem como pano de fundo os últimos anos da monarquia portuguesa, numa história de amor ambientada na África, em São Tomé e Príncipe.

Manuel António Pina (P): autor português, escreveu poemas, crônicas e livros para a infância. Em 2011, um ano antes de sua morte, recebeu o Prêmio Camões, o mais importante da literatura de países de língua portuguesa. *Gigões e Anantes* é um dos seus poemas mais conhecidos.

Matilde Rosa Araújo (P): das mais queridas autoras portuguesas. Escreveu dezenas de livros: *O Livro de Tila*, *O Palhaço Verde* e *Estrada Sem Nome*.

Miúda (P): menina, garota, criança.

MPB (B): movimento musical surgido na década de 60, abreviatura de Música Popular Brasileira. Tem entre seus destaques Chico Buarque, Gilberto Gil e Gal Costa.

Natureza morta: gênero de pintura em que se representam coisas ou seres inanimados.

Ode Triunfal (P): primeiro poema de Fernando Pessoa, escrito pelo seu heterónimo Álvaro de Campos. Além de Álvaro, o genial Fernando assinava como Alberto Caeiro, Ricardo Reis, Bernardo Soares, entre outras personalidades literárias.

Quinta da Capeleira (P): quinta é uma espécie de sítio, de chácara. E a da Capeleira é uma quinta seiscentista de recreio e produção agrícola. Rita já esteve lá e se encantou com as histórias de Josefa de Óbidos, sua moradora. Uma solitária mulher no fechado (e masculino) mundo da pintura.

Ruth Rocha (B): paulistana, nasceu em 1931. Escritora pioneira, muito importante para nós. Em mais de quatro décadas, maravilhou várias gerações de leitores. Autora de *Marcelo, Martelo, Marmelo,* clássico da literatura infantojuvenil.

Sophia de Mello Breyner (P): Sophia de Mello Breyner Andresen (1919-2004) nasceu no Porto. Foi a primeira mulher a vencer o Prémio Camões, em 1999. Grande parte de sua obra é destinada a crianças e jovens, como *A menina do Mar* e *A fada Oriana.*

Tabacaria (P): não se refere a uma loja de insumos para tabagistas, mas a um dos mais famosos poemas de Fernando Pessoa, assinado por Álvaro de Campos.

Um monte (B): uma porção de coisas. Monte de pedras, monte de revistas, monte de bandeiras.

Capítulo 9

Aldrabão (P): mentiroso, enganador, enrolão, malandro, vivaldino.

Atapetada (B): coberta de tapete, alcatifada.

Cachola: cabeça, bestunto, cachimônia.

Do contra (B): ser do contra é sempre desejar a opção que não foi dada, sempre preferir outra coisa.

Engraçado (B): que tem piada, gracioso, divertido, espirituoso.

Fato: acontecimento. Como o acordo ortográfico de 2009 aboliu o grafia facto (acontecimento) e o fato (vestuário, como o terno ou o fato de banho).Os portugueses não gostaram nada disso. E com razão. Mas este não foi o primeiro acordo ortográfico e não será o último.

Fuleiro (B): fraco, ruim, de baixa qualidade.

Fuxicando (B): mexendo, cutucando, geralmente para obter informações.

Lances (B): pode significar um romance, relação amorosa. Mas nesse caso, significa situações, casos.

Painéis de São Vicente (P): seis painéis de madeira, pintados com tinta óleo e têmpera, atribuídos ao artista Nuno Gonçalves, o pintor real. E estima-se que o régio artista tenha feito a obra entre 1470 e 1480. São 58 personagens. Com os painéis pode-se aprender muito sobre a vida da época, pois neles estão representados os diversos grupos sociais portugueses.

Parvo (P): pouco inteligente, bobo, tolo, bocó, besta quadrada.

Pirambeira (B): subida muito íngreme, muito inclinada.

Porta da Vila (P): Óbidos possui algumas portas ao longo das muralhas. A principal é a Porta da Vila, integrando o oratório Nossa Senhora da Piedade, revestido com azulejos do século XVIII. Ainda existem mais quatro portas.

A Porta do Vale, que integra o oratório de Nossa Senhora da Graça, Porta da Cerca, Porta da Cerca Velha e Porta da Talhada. E ainda duas passagens menores, Postigo de Cima ou do Jogo da Bola, e Postigo de Baixo ou do Poço. Por onde entrar o visitante, será sempre bem-vindo.

Sítio (P): aqui, sítio denota página da internet.

Treler (B): neologismo. Se reler é ler duas vezes, treler é fazer ainda mais uma leitura.

Trotineta (P): no Brasil, é o patinete.

Capítulo 10

Berma (P): termo comum para beira, borda ou margem. No texto, elas estão na berma da estrada, no acostamento.

Boleia (P): carona.

Bugigangas (B): bagatelas, quinquilharias, objetos (geralmente de baixo valor).

Caminhonete (B): carrinha.

Caroneiro (B): quem oferece a boleia, a carona. E o **caronista** é justamente quem toma a boleia.

Carrinha (P): caminhonete simples, pequena.

Casa de banho (P): banheiro.

Espécies ameaçadas: às vezes, a gente pensa que só tem espécies ameaçadas no Brasil, por ser um país repleto de biomas e de gente gananciosa. Mas em Portugal, como em qualquer outro país, existem animais que correm o risco de deixar de existir. Além das espécies citadas na história, o lobo-ibérico e o saramugo (um peixe) são animais em situação crítica.

Filme B: os filmes B ganharam destaque nas décadas de 30 e 40 nos Estados Unidos. Tinham orçamentos mais baixos que os filmes A, e geralmente eram apresentações em sessões duplas. O público assistia o A e depois o B, que eram, em sua maioria, de horror, faroeste e ficção científica.

Gasóleo (P): óleo diesel.

Latir (B): ladrar, soltar latidos.

Marchinha: gênero musical popular nos carnavais brasileiros das décadas de 1920 a 1960. Presente que ganhamos de Portugal. A marchinha citada no texto se chama *As Pastorinhas*, de Noel Rosa (1910-1937). Apesar da sua curta residência na terra, ele foi um dos maiores nomes do nosso samba. *Feitio de Oração*, *Taí*, *Conversa de Botequim*, *Com que Roupa?* são algumas obras-primas do mestre Noel, o poeta da Vila Isabel.

Modéstia às favas: modéstia à parte, sem falsa modéstia.

Pé-direito: é a medida entre o chão e o teto de um ambiente.

Pernambucanas (B): natural do estado nordestino de Pernambuco, terra de um maravilhoso escritor, Manuel Bandeira.

Portátil (P): olha só: eles tem uma palavra da nossa língua para nomear o computador portátil, que chamamos aqui de *laptop*.

Posto de gasolina (B): estabelecimento para abastecimento de veículos. Em Portugal, é chamado de bomba de gasolina.

Roteiro (B): guião. E o roteirista é o guionista.

Uma aventura (P): Rita conheceu alguns livros desta coleção e se apaixonou. Uma turma de jovens curiosos e espertos, sempre envolvidos em desvendar algum mistério. Entre eles, as gêmeas Luisa e Teresa, o Chico, Pedro e João, além dos cães Caracol e Faial. Todos os livros foram escritos pela dupla Ana Maria Magalhães e Isabel Alçada. E sobre elas há tanto para falar que este verbete será o mais extenso do glossário. Em 1976, aconteceu o encontro que mudaria a vida das duas jovens professoras. Foram fazer um estágio como professoras primárias, no mesmo local, a Escola Básica Fernando Pessoa, na periferia de Lisboa. Preocupadas com a falta de títulos juvenis em língua portuguesa, decidem elas mesmas resolver o problema. Em 1982 surgiu *Uma aventura na Cidade*. E 40 anos depois a coleção já ultrapassou 60 títulos. Já virou filme e uma série na televisão portuguesa, *RTP*, com diversas temporadas. Ana Maria e Isabel levam os autores para viajar por Portugal e pelo mundo, como os títulos comprovam: *Uma aventura... na Serra da Estrela, na Lagoa de Óbidos, no Algarve, em Cabo Verde, na Amazônia*. Em outra coleção, *Viagens no Tempo*, publicaram *Brasil! Brasil!*, em que a malta faz uma viagem ao passado e chega ao século XIX, no Rio de Janeiro, no auge das lutas pela abolição da escravidão.

Capítulo 11

Bica (P): é o café de máquina, sem o uso do coador. Chamado no Brasil de *expresso*. Café espesso e forte.

Bocage (P): Manuel Maria Barbosa du Bocage nasceu em Setúbal, em 1765. Ficou conhecido como o principal poeta do arcadismo português e usava o pseudônimo de Elmano Sadino.

Dava para o gasto (B): não mais que o suficiente.

Dom Pedro VIII, o Fujão: esse monarca nunca existiu, apenas uma brincadeira irônica das miúdas, pois todos os reis tinham o seu aposto. Dom Afonso Henriques, o Conquistador; dom Dinis I, o Lavrador; dom Afonso IV, o Bravo; dom Manuel I, o Venturoso. Com o nome de Pedro, Portugal teve cinco reis. Dom Pedro IV é o mesmo dom Pedro I dos brasileiros. E o nosso dom Pedro tem história que não acaba mais. Inclusive, foi ele quem deu o Grito da Independência, às margens do riacho Ipiranga, em 1822.

Eléctrico (P): o saudoso bonde brasileiro.

Filando (B): filar almoço é almoçar de graça, coisa que o personagem Digão adora fazer.

Gelado (P): sorvete.

Melgas (P): pernilongos, muriçocas, esses insetos que não deixam a gente dormir.

Muxoxo (B): espécie de estalo feito com a língua e os lábios para demonstrar desdém, ou decepção.

Pastéis de bacalhau (P): bolinhos de bacalhau.

Pastéis de feira (B): na maioria das feiras brasileiras, você vai encontrar um pastel frito, mas esse aqui é uma variedade paulista, paulistana, grande, 22×10 cm. Delicioso, com recheios variados, carne moída, carne e queijo, frango com catupiry, escarola, palmito e pizza. Ainda há o pastel à portuguesa e o de bacalhau. Além do cobiçado Especial. Tem o dobro do preço e do tamanho, com todos os recheios possíveis misturados e mais um ovo cozido.

Pastelaria (P): estabelecimento comercial que tem produção própria de bolos e doces. É impossível achar um pastel de pizza por lá.

Piadas pesadas: anedotas contadas apenas para adultos, maiores de 21 anos e acompanhados dos pais.

Rio Tejo (P): é o rio mais extenso da Península Ibérica. Nasce na Espanha, passa por Portugal e deságua no Oceano

Atlântico. O rio já inspirou muitos artistas: há quadros, bailados, canções, peças de teatro, poemas. Vale ouvir a gravação de *Lisboa que amanhece*, com Sergio Godinho acompanhado por Caetano Veloso.

Trotineta (P): ou trotinete. O mesmo que patinete.

Capítulo 12

Banco Camilo Pessanha (P): não tente abrir conta lá, pois este B(C)P foi inventado por nós. E o Camilo Pessanha em questão não era banqueiro, mas um grande poeta simbolista, autor de *Clepsidra*. Dizem que preferia outros bancos, os das praças e dos parques.

Caixa electrónica (P): é o nosso caixa 24 horas.

Conta-conjunta: conta bancária compartilhada por duas ou mais pessoas. Elas utilizam o dinheiro de maneira individual, mas com acesso coletivo. Madalena havia se esquecido dela, mas Pedro não.

Dar o ar da graça (B): aparecer, surgir. Quando alguém muito ausente surge de repente dizemos que ele "deu o ar da graça". Em Portugal, usa-se "dar o ar da sua graça". Dona Manecas, tia de Carolina, é cozinheira de um restaurante na Graça, criado por um casal de brasileiros, justamente chamado de *O Ar da Graça*. Você já ouviu falar?

Malta (P): turma, grupo.

Maracutaias (B): ações mal-intencionadas, tramoias, ilegalidades.

Os Homens do Presidente (P): no Brasil, o nome do filme é *Todos os Homens do Presidente.*

Turma do Gordo (B): personagens criados pelo escritor João Carlos Marinho, a partir de 1969. A turma (Bolachão, Edmundo, Pituca, Berenice, Mariazinha, Godofredo) tem 13 livros publicados, como *O caneco de prata, Sangue fresco, Berenice detetive* e *Assassinato na literatura infantil.*

Capítulo 13

Abelhudas (B): pessoas intrometidas, que metem o nariz onde não são chamadas.

Barra pesada (B): violento, agressivo, perigoso; serve para lugares ou pessoas.

Barco rabelo (P): embarcações típicas, icônicas, do rio Douro. Faziam o transporte do famoso Vinho do Porto. Do Alto Douro, onde era produzido, à cidade do Porto e Vila Nova de Gaia, de onde era exportado.

Borbulhas (P): espinhas do rosto de adolescentes e adultos.

Cartão do cidadão (P): equivale a nossa carteira de identidade, o RG.

Cimbalino (P): cafezinho expresso. Regionalismo do Porto, pois em Lisboa é chamado de *bica.*

Esplanada (P): bar ou restaurante com mesas na calçada. Na cidade de São Paulo, é chamado de *prainha*.

Galalau (P): homem alto.

Galera (B): malta, grupo.

Pechisbeques (P): joias falsas, imitações baratas, coisas de pouco valor.

Tremoços (P): as grandes sementes amarelas do tremoceiro. Como aperitivo, curtidos no sal, populares nas residências, tascas e tabernas. A quadrilha do Machadinha ganhou este nome por usar bonés e boinas que tem esse tom de amarelo.

Videogames e "arcades": jogos eletrônicos. Os arcades são as máquinas antigas de jogos, com uma tela colorida no meio. Para utilizá-la, deve-se inserir uma ficha ou uma moeda. Já os videogames, nem é preciso explicar o que são.

Capítulo 14

Alcunha (P): o que os brasileiros chamam de *apelido*. Várias pessoas detestam ter apelidos, pois apelam para particularidades do corpo ou do gênio. É uma das mais antigas modalidades de bullying. Ganhar nomes humilhantes por causa do tamanho das orelhas ou do nariz realmente não tem nada a ver. Apelido é uma palavra que sempre causa confusão, pois em Portugal são os nomes de família. Então o apelido de Rita é... Albuquerque.

Carmem Miranda: Maria do Carmo Miranda da Cunha nasceu em 9 de fevereiro em 1909, numa aldeia do norte de Portugal, Várzea da Ovelha e Aliviada, bem pertinho de Marco de Canavezes, a 30 km da cidade do Porto. Mudou-se para o Brasil com dois anos de idade. Na América do Sul virou cantora de renome, gravando *Aquarela do Brasil*, *Cantores do Rádio*, *Mamãe eu quero*, *Na baixa do sapateiro*. Na América do Norte virou atriz de Hollywood, e alcançou fama mundial. Carmem foi uma artista privilegiada no canto, na dança e na interpretação. Ela e Bartolomeu de Gusmão, na arte e na ciência, são duas grandes figuras luso-brasileiras.

Carne de pescoço (B): ver *casquinha de ferida*.

Casquinha de ferida (B): expressão informal para dizer que uma pessoa é osso duro de roer, firme, vigorosa, persistente, que não larga o osso. No trecho, tem conotação negativa.

Climão (B): clima tenso, neste caso devido a pequenos ciúmes.

Cocuruto (P): termo utilizado na linguagem popular. Ponto mais elevado de qualquer coisa, como o cocuruto de uma montanha ou prédio. Normalmente, utilizado para se referir ao alto da cabeça.

Comboio (P): trem de passageiros ou mercadorias.

Facínora (P): criminoso, bandido, pessoa pra lá de perigosa.

Grupelho: pequeno grupo (organizado para qualquer coisa). Até para o crime.

Justas (P): lutas medievais entre cavaleiros a galope – um tentava derrubar o outro, com grandes lanças de madeira, espadas ou maças.

Mentira cabeluda (B): mentira grave, grande, complexa.

Nome de guerra (B): nome profissional, alcunha de uma pessoa no seu meio de trabalho, sendo ele honesto ou nem tanto.

Capítulo 15

Agiota (B): pessoa que empresta dinheiro ilegalmente, com altas taxas de juros. O descumprimento do acordo pode trazer riscos efetivos para quem se envolveu com o explorador. Que diga o Pedro.

Cara de enrascada brava (B): indica uma situação perigosa, complicada, arriscada.

Carinha (B): serve para chamar pessoa do sexo masculino, adolescente ou adulto. Tico é um carinha e Gonçalo também.

Chá de cadeira (B): tomar um chá de cadeira é o mesmo que esperar muito tempo para ser atendido.

Dinheirama: quantidade enorme de dinheiro.

Plantadas (B): paradas, à espera.

Capítulo 16 e 17

Cômodo (B): quarto, aposento, uma das divisões de uma casa.

Esquadra (P): delegacia de polícia. Mas em outros contextos pode ser uma esquadra de barcos.

Moleza (B): fácil, sem complicação.

Redações: local físico ou o grupo de jornalistas de um jornal. Dali saem os conteúdos para os jornais, revistas, sites e sítios.

Totoloto (P): jogo de apostas da Santa Casa da Misericórdia de Lisboa que se baseia nos resultados dos jogos de futebol.

Capítulo 18

Aveiro (P): cidade costeira com uma rua atravessada por canais. Conhecida pelos barcos bem baixos e coloridos, os moliceiros, para apanhar algas. Uma sobremesa muito tradicional são os Ovos Moles de Aveiro.

Gabardina (P): espécie de sobretudo de tecido impermeável.

Olhavam de revés: olhavam com suspeita, com desconfiança, de soslaio, pelo canto do olho.

Subcomissário (P): delegado assistente.

Capítulo 19

Amêijoas a Bulhão Pato (P): prato com essa espécie de marisco, temperado com azeite, alho, coentros, sal, pimenta e limão. Diz-se que o nome é uma homenagem a Raimundo António de Bulhão Pato, poeta, memorialista e gastrônomo.

Apertado (B): no sentido do texto, Maria Clara estava com o tempo apertado, com pouco tempo. Em Minas Gerais, neste caso, falam "estou apertado de costura", mesmo que a pessoa não saiba pregar um só botão.

Bacalhau a Brás (P): desfiado e misturado com bastante azeite, cebolas, batatas palhas (antigamente eram raladas bem fininhas e fritas na hora), azeitonas e ovos mexidos. Diz a lenda que o Brás tinha uma tasca no Bairro Alto, Lisboa.

Bacalhau a Gomes de Sá (P): receita que vem do Porto. O bacalhau é servido em lascas e acompanha rodelas de batatas cozidas e cebolas, além azeitonas e ovos cozidos às rodelas para finalizar o prato. Ah, e é claro que não pode faltar azeite, como todo bom prato português...

Bacalhau a lagareiro (P): esse bacalhau é temperado no leite e posteriormente empanado com ovos e farinha de pão. Depois de passado na manteiga, vai ao forno. É servido em filezinhos, com batatas assadas ou ao murro e cebolas fritas no azeite.

Batatas ao murro (P): batatas pequenas para forno. Assadas com pele. Uma vez assadas levam um murro e a pele estala. Temperam-se com azeite quente e alho.

Cedro (P): árvore muito antiga, está citada tanto na *Bíblia* quanto nas *1.001 noites*. Em Lisboa, existe na Praça do Príncipe Real um Cedro-do-Buçaco, com mais de 20 metros de diâmetro. Árvore frondosa e acolhedora, abriga namorados do mundo inteiro. Quem não já roubou um beijinho ali?

Doce de leite mineiro (B): doce à base de leite, sem ovos, receita de Minas Gerais. Tradicionalmente, acompanha uma fatia de queijo branco.

Feijoada (B): diversos povos fazem deliciosas feijoadas. A brasileira, com bastante caldo, leva feijão preto bem temperado e várias carnes (linguiça, paio, costelinha, carne de sol, orelhas e o rabinho do porco). Geralmente acompanham arroz branco, farofa de ovos, couve refogada, torresmos e gomos de laranja, para ajudar na digestão do calórico prato.

Ir em cana (B): ir de cana. Ir dentro. Ser preso. Todas as expressões da frase são sinônimos.

Pão saloio (P): pão leve e saboroso. Antigamente era feito de maneira completamente artesanal. No preparo fazia-se a reza do pão: *Deus te levede / Deus te acrescente / Deus te livre / De má gente.*

Piripaque (B): Ataque de nervos, chilique, pantim, faniquito.

Romeu e Julieta (B): no Brasil, o casal da peça de Shakespeare batiza uma combinação deliciosa: goiabada e queijo branco.

Sherlock Holmes: um dos grandes detetives da literatura policial. Suas histórias foram criadas pelo médico e escritor inglês Arthur Conan Doyle, como *Um estudo em vermelho* e *O cão dos Baskervilles*. Está sempre acompanhado do seu assistente, o médico John Watson.

Sorvete de açaí (B): frutinha comum na região amazônica, vem de uma palmeira, o açaizeiro. Possui vários usos: gastronômicos, cosméticos, medicinais. No Sudeste, é consumido em forma de creme ou sorvete adocicado. No Norte, acompanha pratos salgados, com peixe, camarão, arroz e pirão. Açaí é bom de qualquer jeito.

Tripeiro (P): quem nasceu na cidade do Porto. Existem diversas histórias para justificar o nome. Resumindo, exprime o espírito de sacrifício das pessoas dali. Forneceram carnes para as Caravelas dos Descobrimentos e sobraram somente as tripas. Com elas, inventaram muitos jeitos de usá-las na cozinha. Com ótimos resultados, por exemplo, as Tripas à moda do Porto. Voltando a Fernando Pessoa, inspirado neste prato, criou o célebre poema *Dobrada à moda do Porto*.

Sobre os autores e a obra

Alexandre Le Voci Sayad

Amizade construída sobre a amizade

Sorte pode não significar necessariamente sorte. Explico melhor: sorte é topar na vida com algo positivo; mas se não tivermos a sorte (ou a percepção) de saber aproveitar aquilo, de nada valeu a primeira sorte. Minha sorte não é somente ter amigos. É perceber que eles são uma espécie de "chave" para a compreensão do mundo. Desde criança, eles são camadas de filtros pelas quais enxergo o que se passa à minha volta.

Explico isso porque este livro, sobre (que trata de) amizade, foi construído genuinamente sobre (em cima de) uma amizade, com o José Santos. Que complexa pode ser a língua portuguesa!

Escrevo desde os 14 anos, e já estive envolvido em pelo menos 20 projetos editoriais: editor, pesquisador, prefaciador e, claro, autor. Mas jamais havia publicado um romance, quanto mais um romance juvenil. Devo admitir, entretanto, que tenho uns três deles escritos nas memórias dos meus últimos laptops, sem ambição de serem expostos a quem deveriam ser.

Conheci o José Santos numa reunião de trabalho. Papo vai, papo vem, resolvi ler os seus livros e não parei mais. Quando ganhei de presente dele o projeto *Poemas Esparadrápicos*, coletânea de poemas curtos escritos num rolo de esparadrapo, pensei "que sorte ser amigo desse cara". Na confiança de uma amizade que começou a ser fortalecida, disse abertamente que queria arriscar um livro juvenil com ele – que até tem um Jabuti de estimação. E ele topou. Fui acolhido. Se parar para pensar, esse é um processo de muita sorte!

Quando começamos, sem perceber, a trama da relação de Rita com o mistério se torna especial e diferente por conta da relação de amizade da garota com os diversos personagens: em Santos, até os novos de Óbidos e Lisboa. Já me peguei respondendo a uma pessoa que me perguntara sobre o tema do livro como "uma história de amizade". No fundo, é o que ele é.

Durante todo o processo de escrita a relação minha com o Zé também se aprofundou em diversas maneiras, assumindo papéis diferentes. Crítica, descoberta, frustração, redescoberta, alegria e, sobretudo, cumplicidade.

O tema do intercâmbio e o fato de sermos dois autores deixaram todo o processo de escrita mais complexo. Ler e reler, ajustar, cortar, colar, pesquisar e adequar sem fim. Um trabalho de ourives sobre o texto que ia e vinha pelo ciberespaço.

A Europa para mim é um lugar mágico. Sempre foi na minha infância uma espécie de paraíso, onde tudo é muito lindo e uma vida cheia de arte e cultura acontece. Isso com certeza nasceu das histórias contadas pelos meus parentes distantes e por uma coleção de centenas de cartões-postais que minhas avós me davam. Naquela caixa de sapato era possível ver todos os monumentos fotografados, pintados, aquarelados, "pichelados" em três dimensões ou mesmo esboços fugidios já apagados pelo tempo. Jovem, morei em Londres. E viver aquilo marcou minha vida para sempre.

A aventura de Rita pretende estimular que não nos contentemos nem nos conformemos com a comodidade. A viagem da garota é uma ode às possibilidades que estão sempre à nossa frente – mantê-las vivas em nosso campo de visão, nos momentos mais difíceis, é exercício necessário. Sem conflito, aventura e busca, não há realização possível.

A viagem é uma metáfora à criatividade e inquietação. É assim que sou. Com 16 anos escrevi um poema que a certa altura dizia "com uma caneta, papel e um colchão velho estou aqui/E estou em todos os lugares do mundo". Portugal, no caso, é "todos os lugares do mundo".

Por entre as curvas rocambolescas da cabeça de um coautor, às vezes chego a pensar que sou a Rita e o Zé, a Maria Clara. Disso não tenho certeza. Mas a Carolina é uma homenagem à minha irmã. Mais nova do que eu, foi a primeira que povoou minhas histórias mentais, e ela encarnava uma celebridade internacional. Eu a chateava um bocado com cada invenção.

Este romance foi feito com muito capricho, especialmente para você que a lê agora. Mas também para o Theodoro e o Valentin, meus filhos, que espero que gostem quando crescerem mais um pouco. Faço de tudo para que não se acomodem somente com aquilo que está ao alcance das mãos.

E para falar um pouco mais de mim, sou jornalista e educador. Pai do Theodoro e do Valentin, como já mencionei acima, e marido da Vanessa. Amo ler e escrever. Sou extremamente curioso e interessado por tudo que é de hoje. Por isso, minha carreira me guiou ao tema das mídias e educação.

Não à toa, fundei uma empresa que se chama ZeitGeist, ou espírito do tempo, em alemão. Dedico hoje minha vida profissional pesquisando e, principalmente, implementando projetos em educação, comunicação e inovação em empresas, escolas e governos.

Ocupo a cadeira de codiretor da UNESCO MIL Alliance, uma aliança da UNESCO em Paris (França) dedicada a esse tema. Apresento o programa Idade Mídia, no Canal Futura, e sou colunista da Revista Educação.

Na idade das protagonistas deste livro havia criado uma confecção de roupas de skate. E me iniciava na fotografia e na poesia concreta. Aos 18, publiquei meu primeiro livro. Minha atual obsessão é o tema da inteligência artificial e seus impactos éticos, que estudo na PUC-SP.

Já fui garçom, barman e até em fábrica de chocolates trabalhei. Acredito que é errando que se chega aonde se deseja. E essa errância implica necessariamente experimentar. Assim como fez a Rita.

José Santos

Viagens e literatura

É a maior responsabilidade escrever no final do livro, depois que os outros já disseram tudo. O perigo é ficar repetitivo, chovendo no molhado. Mas é preciso escrever de novo a palavra *encontro*, pois ela passa pelo livro todo. Eu e o Alexandre já nos conhecemos há muito tempo, e a vontade de fazer um livro era tão antiga quanto nossa amizade. Houve algumas tentativas para um público mais jovem, mas ficaram no meio do caminho, não foram publicadas. O tema era o mesmo deste livro, as viagens. Para um público de seis a nove anos. O Alexandre já morou na Alemanha, conhece bem Berlim e trouxe boas ideias para a história. Um menino de Minas Gerais que vai morar no frio do norte alemão. O projeto deu com os burros n'água, mas não desistimos. E o mapa mudou mais para oeste, e tudo agora vai acontecer em Portugal.

Em 2017 ganhei uma bolsa artística. Na verdade, uma residência literária em Óbidos. E foi bem escolhido o lugar, pois está rodeado de livros. Não é uma figura de linguagem. Há a Biblioteca Municipal e outras livrarias excelentes. Existe uma livraria no mercado, ao lado de tudo o que é orgânico. Outra livraria fica na Igreja. E há uma linda, toda voltada para crianças e jovens, no alto dos Casais Brancos, no prédio de uma antiga escola.

Ficaria alguns meses ali conhecendo a Vila e escrevendo sobre ela. O convite veio a partir de uma ação bem articulada pelo Afonso Borges, do FliAraxá, e o José Pinho, do FOLIO (importantes festivais literários, o primeiro brasileiro e o segundo português), com a Câmara Municipal de Óbidos. Nesse período conheci mais essa linda cidade medieval perto de Lisboa, uma verdadeira vila literária, que faz parte do projeto Rede de Cidades Criativas, da Unesco.

Quando foi confirmada a minha viagem, começamos a discutir como seria a história e o papel de Óbidos na narrativa. Fizemos um bom planejamento e ficou este combinado: um de cá e um de lá, assim o novo livro começaria.

No frio janeiro de 2017 já estava lá. Fiz boas amizades, conheci o escritor Alexandre de Souza, que sabe contar as tantas histórias do lugar e que assina o prefácio deste livro. Mais tarde, veio o encontro com os estudantes e professoras na Escola Josefa de Óbidos. Eles se envolveram com o projeto do livro de maneira criativa. Um grupo de adolescentes do clube de leitura se reunia comigo regularmente. Conversávamos sobre a cultura portuguesa, como vivem os jovens, e aprendi imensamente com eles.

E mostrei para essa malta amiga algumas coisas que fazem parte da "carpintaria" do texto. Como se constrói uma personagem. O simbolismo dos nomes próprios. Como fazer que a história se pareça real. Além de diversos nomes interessantes que trouxeram, veio o da cadelinha *pug* de Carolina. Gostei da sugestão e agora a Orquídea entrou no romance, está aí saracoteando em várias páginas do nosso livro.

Na volta ao Brasil, o Alexandre e eu começamos a desenvolver a história, montamos um esqueleto, dividimos os capítulos. Pensamos no desenvolvimento, no clímax e no desfecho, para ficar um romance juvenil que se preze. E partimos para as personagens. O Alê fez uma boa pesquisa sobre Santos, a cidade que abrigaria os quatro primeiros capítulos. E de lá saíram personagens como Maria Clara, Digão e Tico, e cenários encantadores – o Aquário e a orla, por exemplo.

Sem a pesquisa não seria possível estruturar o início da história. O que deu certo trabalho foi criar um concurso para premiar Rita e carimbar seu passaporte para Portugal.

Nas locações europeias, Óbidos, Torres Vedras, Lisboa, Porto e Aveiro, tivemos a ajuda inestimável dos consultores em cultura portuguesa: Joaquim Marreiros e Alexandre de Sousa, que nos presentearam com observações valiosas, no texto e no glossário.

Mas nada de terminar o livro. Em 2018 voltei a Portugal, junto com a escritora Selma Maria, minha companheira. E vários dos seus maravilhamentos com a cultura dos nossos antepassados foram passados para cenas da viajante santista.

Na volta, terminamos o livro, nas horas livres que tínhamos, em meio a tantos outros trabalhos. Meu filho Miguel, então com 18 anos, fez a leitura minuciosa do original, e ajudou a rejuvenescer a narrativa.

Quase pronto, era hora de encontrar quem o levasse a leitores e leitoras. Apareceu a oportunidade de mostrar o original ao Rodrigo de Faria e Silva, que se entusiasmou com a ideia e resolveu publicá-lo pela Faria e Silva Editora.

Rodrigo me pediu um texto para o final e aqui estamos. Chegamos ao fim. Ou melhor, a um novo começo, pois um livro só existe quando é lido. E quem fez sua leitura viveu uma aventura, viajando pelas terras portuguesas, entre risos e surpresas.

Mas para você me conhecer um pouco mais, dou o José, neto do seu José, português de São Martinho do Porto, emigrado para o Brasil no início do século XX. Já fiz muita coisa na vida: balconista de livraria, trabalhei no jornalismo de TV, fui diretor de um museu virtual e há dez anos sou escritor profissional. São mais de 50 livros voltados a crianças e jovens. Viajei várias vezes a Portugal, desde 1998. Intensifiquei a pesquisa sobre a literatura e cultura popular a partir de 2009. Nesse vaivém de pesquisas, viagens e novas amizades, descobri lendas, lengalengas, adivinhas, trava-línguas, quadrinhas e cantigas de roda que permitiram/proporcionaram/concretizaram a ponte entre as duas culturas e geraram diversos livros.

Com o poeta português José Jorge Letria publiquei os livros *Infâncias, daqui e além-mar* e *Rimas de Lá e de Cá*. Com Afonso Cruz, o *Viagem às terras de Portugal*. Adaptei para o cordel, com Marco Haurélio e Jô Oliveira, o clássico da literatura de cavalaria, *Palmeirim de Inglaterra*. Com Maurício de Sousa, o dicionário sentimental *Turma da Mônica: uma viagem a Portugal* e *Turma da Mônica: uma viagem pelos países de língua portuguesa*. Participei como escritor visitante do Projeto Óbidos-Vila Literária, e ali conheci o escritor Alexandre de Sousa, parceiro de vários projetos. Com a artista Selma Maria fizemos a série de vídeos intitulada *Perambular*, para o

SESC-SP, que trata de brinquedos e infâncias dos dois países. E agora, com o Alexandre Le Voci Sayad, a nova experiência: um romance juvenil, o primeiro de uma série. Envolto com tantas "criações", destaco duas: meus filhos Jonas e Miguel, companheiros de toda a vida, a quem dedico este livro.